ATTENTION, LECTEUR, TU VAS AVOIR PEUR!
NE LIS PAS CE LIVRE DU DÉBUT À LA FIN!

Commence ta lecture à la page 1, puis suis les instructions au bas de chaque page pour faire tes choix. C'est toi qui mènes cette aventure échevelée et qui décides du déroulement des événements, et à quel point ce sera EFFRAYANT!

Te voilà en vacances en Amérique du Sud où la jungle t'attend: les tigres, les sables mouvants, les lianes grâce auxquelles tu pourras te déplacer comme Tarzan!

C'est alors que tu goûtes à un fruit enchanté qui te transforme en un monstre hideux! Les tigres sont maintenant la moindre de tes préoccupations...

Tu dois trouver un moyen de retrouver ta forme normale... rapidement. Surtout avant que tes amis t'abandonnent dans la jungle maléfique!

Mais tu dois d'abord échapper aux piranhas affamés; trouver ton chemin pour sortir d'une caverne souterraine ou tenter ta chance dans une tribu de chasseurs de têtes!

PRENDS UNE PROFONDE INSPIRATION, CROISE LES DOIGTS ET C'EST PARTI... TU AURAS LA CHAIR DE POULE, C'EST GARANTI!

DANS LA MÊME COLLECTION :

Chair de poule 11

AU FOND DE LA JUNGLE ENSORCELÉE

R. L. STINE

Traduit de l'anglais par
NICOLE FERRON

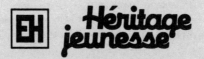

EH Héritage jeunesse

Données de catalogage avant publication (Canada)

Stine, R. L.

Au fond de la jungle ensorcelée

(Chair de poule extra; 11)
Traduction de : Deep in the Jungle of Doom.
Pour les jeunes de 8 à 12 ans.

ISBN 2-7625-8770-0

I. Ferron, Nicole. II. Titre. III. Collection : Stine, R. L. Chair de poule extra; 11.

PZ23.S85Au 1998   j813'.54   C98-940435-8

Deep in the Jungle of Doom — Series Goosebumps®
Copyright © 1996 Parachute Press, Inc — All rights reserved
Publié par Parachute Press, Inc

Version française
© Les éditions Héritage inc. 1998
Tous droits réservés

Infographie de la couverture et mise en page : Jean-Marc Gélineau

Dépôts légaux : 2e trimestre 1998
Bibliothèque nationale du Québec
Bibliothèque nationale du Canada

ISBN : 2-7625-8770-0   Imprimé au Canada

LES ÉDITIONS HÉRITAGE INC.
300, rue Arran, Saint-Lambert (Québec) J4R 1K5
Téléphone : (514) 875-0327
Télécopieur : (514) 672-5448
Courrier électronique : heritage@mlink.net

CHAIR DE POULE^{MC} est une marque de commerce de Parachute Press, Inc.

Nous remercions le ministère du Patrimoine canadien pour son aide financière.

— Jeunes Explorateurs, j'attire maintenant votre attention sur ce magnifique spécimen de *broméliacée*...

Elle n'arrête pas. Notre guide, madame Morose, parle d'un ton monotone. C'est incroyable de tant s'ennuyer en vacances!

Dans la brochure du Club des Jeunes Explorateurs, ça paraissait extraordinaire. Trois jours de randonnée en pleine jungle avec dix autres enfants de ton âge et un guide d'«expérience». Ça promettait! Tu as supplié tes parents de t'y inscrire.

— S'il vous plaît! Nous sommes en Amérique du Sud et vous voulez que je reste bien tranquille au bord de la piscine. Pourquoi m'emmener ici si vous ne voulez pas que j'expérimente de nouvelles choses?

Maintenant, tu souhaiterais que tes parents aient refusé! Au moins ta meilleure amie Zoé fait-elle partie de l'excursion. Et même si la monitrice est endormante comme la pluie, la jungle est fantastique. De longues lianes s'entrecroisent au-dessus des sentiers et d'étranges et somptueuses fleurs aux couleurs vives les bordent. Tout en suivant Zoé, tu remarques une fleur épineuse aux pétales bleus. Tu tends la main sans y penser.

Une brise subite en fait frissonner les pétales. La fleur pousse un cri.

— Non!

Tu retires vivement ta main!

Cours à la PAGE 2.

— Non! Ne touche pas à cette fleur!

Ce n'est que madame Morose.

— Qu'y a-t-il? Est-elle vénéneuse?

— Mais non! Cette fleur fait partie d'une espèce menacée. Tu aurais pu la tuer!

Furieuse, la monitrice se détourne et reprend sa place en tête du groupe.

— Ouf! dit Zoé en écartant ses cheveux de ses yeux. Pendant une seconde, je croyais que quelque chose d'excitant allait se passer!

Zoé est très *cool*. C'est une des raisons pour lesquelles elle est ta meilleure amie. Elle a une remarque sarcastique pour chaque occasion. De plus, elle n'a peur de rien.

C'est pourquoi tu sais qu'elle est aussi impatiente que toi de quitter le groupe pour partir à l'aventure.

Il y a à peine quelques secondes, tu as justement aperçu à travers les arbres quelque chose qu'il valait la peine de voir de plus près.

Là encore, sur la droite, à quelques vingt mètres. C'est prodigieux! Ton cœur saute dans ta poitrine en l'apercevant.

Découvre ce que c'est à la PAGE 37!

— TROIS!

Le roi tape trois fois dans ses mains et les serviteurs renversent le sablier. Tu fais de même avec le petit sablier. Le sable se met à couler lentement dans le vase inférieur. Tu glisses le petit objet dans ta poche.

— Tu as un palouka pour me rapporter trois pépites d'or! hurle le roi.

Tu regardes autour de toi. Il y a des tunnels partout.

— Viens! cries-tu à Zoé. Partons!

Vous vous dirigez tous les deux vers le grand tunnel qui mène hors de la salle.

Tu as un palouka pour trouver de l'or.

«Mais combien de temps dure un palouka?» te demandes-tu.

Va à la PAGE 58 pour commencer ta recherche.

Pas question de te débarrasser de millions de dollars en pierreries !

Tu t'accroupis le plus possible tout en observant les formations rocheuses qui se rapprochent de toi.

Aïe ! Une émeraude t'égratigne l'épaule.

Tu te glisses entre les rochers en retenant ton souffle.

Un diamant géant t'arrive droit sur la tête !

Quelques centimètres encore et tu ne faisais plus partie des vivants. Tu fermes les yeux bien fort.

Dans un crissement sec, les murs cessent de se rapprocher.

Fantastique ! Juste au moment où ta tête allait se trouver écrabouillée !

Tu ouvres les yeux. Tu voudrais bouger, mais tu ne le peux pas. Une fortune en pierres précieuses te retient immobile.

Tu attends et attends encore, mais les murs ne s'écartent pas.

En fait, ils ne s'ouvrent plus jamais. Te voilà en prison.

À jamais.

Mais regarde plutôt le bon côté des choses. Après tout, tu as toujours désiré mourir dans la peau d'un millionnaire...

FIN

— Excusez-moi ! cries-tu à Rage. Je ne voudrais pas vous ralentir, mais je meurs de faim. Vous n'auriez pas un petit quelque chose à manger ?

— Bien entendu. Nous ne partons jamais sans apporter de la nourriture.

Elle ouvre le sac en peau de tigre passé sur son épaule et en sort une brassée de fleurs qu'elle distribue à la ronde. Les fleurs sont comestibles et délicieuses ! Heureusement que tu l'as demandé !

Après quelques minutes de marche dans la jungle humide, Rage fait arrêter le groupe. Vous vous trouvez devant une caverne sombre et bordée de rochers dentelés. Une brise chaude et sèche s'échappe de l'entrée de la caverne.

— C'est là que se trouve le cœur-ardent, vous dit Rage en pointant du doigt la petite entrée. Suivez le tunnel jusqu'à la plus grande caverne. Vous trouverez l'arbre au centre.

— Merci beaucoup !

— C'est un plaisir de dissiper les sorts des Muglanis, répond Rage. Bonne chance, mes petits amis !

Elle vous tape amicalement dans le dos à Ben et à toi et pivote sur ses talons.

— Oh ! Une dernière chose avant de partir... Attention au dragon gardien !

Va à la PAGE 87.

— Grrrrr! grogne la gargouille en fendant l'air de ses griffes tranchantes.

Pendant ce temps-là, tu as l'impression de devenir insensible à partir des genoux jusqu'aux orteils. Tu ne croyais pas que l'eau pouvait être aussi froide. Les choses se gâtent.

— Restons calme, dis-tu. Il doit y avoir quelque chose à faire.

— Ouais. Pourquoi est-ce qu'on ne remonterait pas la chute en nageant!

— Ha! ha! très drôle!

Mais tu ne lâches pas la chute des yeux. L'eau frappe les falaises escarpées. Les rayons du soleil font miroiter l'eau de tous les tons de vert et de bleu. Mais ce n'est pas ce qui t'intéresse. Il y a autre chose. On dirait que tu aperçois une silhouette derrière la chute.

C'est un gros objet sombre. Est-ce une autre bête de pierre?

Découvre-le à la PAGE 31!

Tu restes debout dans la clairière, attendant la personne qui se rapproche. Le bruissement des feuilles s'amplifie. Tu croises les jambes et souris en essayant de cacher ton air affreux. Tu espères que cette personne va t'aider !

C'est Ben, l'un des Jeunes Explorateurs, qui entre dans la clairière. On dirait qu'il lit une bande dessinée ou une brochure quelconque. Il regarde son livre, lève les yeux, puis revient à son livre comme s'il consultait une carte géographique.

Au début, Ben ne te voit même pas. Tu te rappelles avoir parlé de lui à Zoé. C'est une espèce de *bolé*, dévoreur de livres. Ses cheveux roux sont emmêlés et ses lunettes, légèrement de travers. Des taches de rousseur couvrent tout son visage.

Ben aperçoit la table et court vers elle, excité. Tu tousses un coup pour lui signaler ta présence.

Ben tourne le dos à la table et ses yeux s'arrondissent en te voyant. Il examine tes vêtements, tes chaussures, ton visage terrifiant, tes horribles griffes. Il laisse échapper sa brochure et te pointe du doigt en bégayant.

— Tu... tu... Je sais qui tu es ! Et je sais comment ça t'est arrivé !

Apprends-en plus à la PAGE 21.

Tu te retrouves dans la jungle à la suite des Jeunes Explorateurs. Zoé est juste derrière toi. Vous avez étudié des plantes tout l'avant-midi! Ce sont les vacances les plus ennuyantes de ta vie!

Oh non! Non seulement tu n'es plus dans la caverne, mais tu as aussi reculé dans le temps!

Tu es de retour à ton point de départ... et tout ce que tu as appris dans la montagne commence à s'estomper dans ta mémoire. Comme si toute l'aventure ne s'était jamais produite.

Bientôt, madame Morose va conduire le groupe devant cette drôle de fleur. Et toi et Zoé allez vous échapper dans la jungle.

Essaie au moins de te rappeler ceci: lorsque la gargouille de pierre te chassera, DIRIGE-TOI VERS LA CLAIRIÈRE!

Retourne maintenant à la PAGE 1. Bonne chance!

Zoé a raison. Tu ne dois rien à cet affreux roi de la caverne. Il a même essayé de faire de vous ses esclaves!

— Oublie même que je t'en ai parlé, marmonnes-tu en glissant le sablier dans ta poche tout en continuant de grimper.

Quelques mètres encore et Zoé et toi atteindrez la surface. Comme l'air frais sent bon! Espérons que tu ne verras plus jamais de cavernes de ta vie!

Ensemble, Zoé et toi retrouvez le groupe de Jeunes Explorateurs. Ce n'était pas difficile, ils sont tellement bruyants.

Madame Morose est furieuse parce que personne n'a trouvé la fleur rare, mais on dirait que tout le monde s'est amusé!

Tu gardes le sablier dans ta poche tout le reste de la journée. Après le souper, tu l'examines à la lueur de ta lanterne.

«Devrais-je le garder ou le vendre?» te demandes-tu en faisant tourner le joli sablier à la lumière.

C'est alors que tu entends quelqu'un qui cherche à ouvrir le rabat de ta tente.

— Zoé? C'est toi?
— Non!

Tu reconnais cette voix! C'est le roi des créatures des cavernes!

Cours à la PAGE 121.

Une bouffée de vapeur monte de la nappe de lave. À travers le brouillard apparaît une forme sinistre, celle d'un dragon. De courtes épines couvrent sa tête et descendent le long de son dos. Même s'il n'est pas énorme, il a l'air féroce.

Il possède des rangées de dents pointues et des écailles tranchantes. Deux yeux verts diaboliques rayés de rouge vous dévisagent haineusement, Ben et toi.

— Je ne pense pas qu'on puisse en venir à bout ! crie Ben.

— Mais il le faut !

Tu serres ton bâton bien fort. Ton corps tremble des pieds à la tête.

Ssss ! Le dragon traverse le fossé de lave en ondulant. Ses griffes grattent le roc.

— Partons ! supplie Ben. Courons !

Si tu cours, va à la PAGE 13.
Si tu essaies d'affronter le dragon, va à la PAGE 36.

La bête de pierre est derrière toi !

— Par ici, Zoé !

Tu entraînes ton amie dans le sentier qui conduit à la clairière. Tu sais que tu peux effrayer la gargouille avec les grosses branches et les pierres qui se trouvent par terre.

Grrr ! La voix de la bête explose dans la jungle. Les oiseaux lancent des cris d'alarme. Ton cœur bat au rythme de tes pieds qui courent entre les arbres.

Tu débouches dans la clairière en trébuchant. Le sol est couvert d'une fine herbe verte. Les branches qui jonchent le sol ont la taille de bâtons de baseball.

— Vite, te crie Zoé. Prends une branche !

Elle-même a déjà ramassé un gourdin.

Du coin de l'œil, tu aperçois une table. Des petites boules bizarres en pendent, mais tu n'as pas le temps de vérifier ce qu'elles sont.

À ton tour, tu ramasses un gros bâton et une pierre de la taille d'une balle de baseball. Tu pivotes sur tes talons pour faire face à la bête.

La gargouille montre les dents en grondant. Ses griffes tranchantes fendent l'air.

Puis elle bondit dans la clairière !

Va à la PAGE 48 et prépare-toi à l'attaque !

— Prenons le tunnel qui semble humide, dis-tu à Zoé. C'est peut-être le lit d'un ruisseau ; parfois de l'or se dépose sur le fond.

— Bonne idée. Je passe la première.

Elle avance prudemment dans le tunnel.

BANG ! Elle perd pied et se met à glisser.

— Attention ! te crie-t-elle tout en dévalant la chute. C'est glissaaaaant !

Il te faut la suivre ! Tu prends donc ton élan et te jettes la tête la première dans le tunnel, comme si c'était une glissoire d'eau.

File à la PAGE 118.

Le dragon s'approche. Ses dents pointues te claquent au visage. Il t'examine de ses yeux féroces.

— Tu as raison! cries-tu. Nous ne pouvons pas combattre cette chose! Partons d'ici!

Ben et toi laissez tomber vos gourdins et courez vers la sortie où vous trébuchez sur les gros rochers.

Comme vous avez le dos tourné au dragon, vous ne pouvez pas le voir plonger sa gueule dans la nappe de lave et avaler une pleine bouchée de roche en fusion, puis vous cracher du feu.

Les flammes rugissent dans le tunnel derrière vous et vont vous atteindre sous peu.

Tu avais pourtant dit aux autres participants du groupe de madame Morose que tu pouvais survivre à n'importe quelle aventure!

Comme tu as eu tort de leur mentir!

FIN

— Prenons le tunnel qui descend ! dis-tu en tirant le sablier de ta poche pour l'examiner. Vite ! Il ne nous reste plus que deux tiers de palouka !

— Même si nous trouvons l'or, penses-tu que nous aurons le temps de rejoindre le groupe avant son départ ? On n'a plus qu'une demi-heure !

— Pensons d'abord à l'or. Si on sort de ce pétrin, on rejoindra madame Morose d'une façon ou d'une autre.

Tu suis Zoé dans le tunnel étroit. Ce dernier n'est pas aussi bien éclairé. Il n'y a qu'une lanterne tous les sept mètres environ. Même si Zoé est juste devant toi, tu te cognes contre elle car tu ne la vois pas.

— Aïe ! Recule ! Pourquoi me marches-tu sur les talons ?

— Je m'excuse. Je vais reculer un peu.

Le tunnel bifurque. Zoé est tellement loin en avant que tu as l'impression qu'il n'y a plus personne avec toi.

Tes chaussures écrasent le gravier du sentier et le bruit résonne dans le passage.

Tu entends les battements de ton cœur. Boum boum, boum boum.

Va à la PAGE 33.

— Hummm, dit Croton en s'appuyant contre le rocher. Laisse-moi réfléchir...

— Nous n'avons pas beaucoup de temps. Il ne me reste qu'un tiers de palouka !

— Parfait. Si tu es si brave, tu dois lire un tas de livres d'horreur. As-tu déjà lu des *Chair de poule* ?

— Bien entendu !

Tu es spécialiste de la collection.

— Dans le livre *La revanche des lutins*, un animal méchant chasse les lutins de la pelouse. Est-ce une chauve-souris ou un chien ?

« Facile », penses-tu.

Tu réponds : « C'était une chauve-souris ! » et tu vas à la PAGE 90.

Ou tu dis : « C'était un chien ! » et tu vas à la PAGE 30.

Tu tournes subitement à gauche et sors du sentier. Hors de la vue des chasseurs, tu te glisses dans la fleur géante.

Aussitôt, les pétales rose et blanc se referment autour de toi. Quelle belle cachette! Personne ne te voit.

L'odeur sucrée t'envoûte. Tu as tellement envie d'éternuer que tu retiens ton souffle.

— Quelle direction la chose a-t-elle pu prendre?

— Par ici, crie Jacqueline à son mari en passant avec le reste du groupe devant ta cachette.

Ouf! Les chasseurs sont partis.

Tu respires enfin et repousses les pétales de la fleur des mains et des pieds.

Elle ne veut pas s'ouvrir!

Tu pousses de toutes tes forces. Tu écorches même les pétales avec tes griffes de monstre.

Mais rien ne fonctionne. Te voilà en prison!

Les pétales se resserrent autour de toi et commencent lentement à te dévorer.

Oui, oui, dévorer. Les fleurs n'ont pas seulement besoin d'eau, tu sais.

Tu étais d'abord un enfant, puis un monstre.

Maintenant tu n'es plus que de l'engrais.

FIN

Tu n'en crois pas tes yeux! La chauve-souris est l'être le plus affreux que tu aies jamais vu. Ses ailes sont repliées autour de son gros corps brun duveteux. Ses énormes oreilles sont tellement minces que tu peux y voir courir les veines. Deux yeux noirs exorbités vous observent, Croton et toi.

Elle ouvre la bouche et se met à parler!

— Qu'as-tu dit à mon sujet, Croton?

— Oh non! Je ne parlais pas de toi!

— Je t'ai pourtant bien entendu dire «sale chauve-souris»!

— Je ne te parlais pas, je le jure!

— Je vais t'apprendre à m'insulter!

— Je pense que je vais partir, marmonnes-tu en essayant de t'éloigner.

— Oh non, fait la chauve-souris en se tournant vers toi. Tu m'as traitée de «méchante chauve-souris».

Tu essaies bien de discuter avec la chauve-souris, de lui assurer que tu as plutôt dit «grosse chauve-souris».

Mais les chauves-souris ont l'ouïe fine!

Une autre chose que les chauves-souris possèdent: de très bonnes dents. Tant pis pour Croton et toi.

FIN

— Je ne veux pas leur faire peur! Je vais juste leur expliquer qui je suis. Ils vont tout comprendre après que j'aurai mangé du fruit du cœur-ardent et que je serai de nouveau moi-même.

— Qui est là? aboie madame Morose. Est-ce l'un de mes Jeunes Explorateurs? Approche que je te voie!

— C'est moi, dis-tu. N'ayez pas peur! Je peux tout vous expliquer!

Tu sors des fourrés.

Madame Morose jette un regard à tes dents tranchantes, à ta peau de poisson gris et à tes yeux globuleux, et elle perd connaissance.

Et, de la même façon, tout le reste du groupe perd connaissance.

Ben et toi pouffez de rire.

— J'ai pourtant cherché à ne pas les effrayer!

Tu enjambes ensuite madame Morose et tu cueilles un fruit dans lequel tu mords.

Tu sens tout de suite ta peau qui s'étire et ta tête qui rapetisse. Ça se produit si rapidement que tu n'as pas le temps de finir le fruit. Te voilà un enfant de nouveau! Plus ou moins...

De retour à l'hôtel, tu racontes toute l'histoire à ta famille pendant le repas. Ils croient que tu blagues jusqu'à ce qu'une mouche se pose sur la nappe. Vlan! Ta longue langue collante s'étire et attrape l'insecte.

Tu aurais peut-être dû manger tout le fruit. Il y a toujours un petit monstre qui dort en chacun de nous.

FIN

— Reculez ! cries-tu en te retournant pour faire face aux créatures des cavernes.

— Oui ! hurle Zoé. Disparaissez !

Tu ramasses une pierre et la lances ; elle atteint une des créatures à la tête.

— AÏE ! gémit-elle.

Zoé lance aussi une pierre.

Les créatures font demi-tour et s'enfuient comme si elles avaient le diable aux trousses !

Elles chialent comme des bébés !

— Bravo ! t'exclames-tu.

— Nous avons réussi ! crie Zoé.

— Partons d'ici avant de fondre !

— Tu as raison. Je sue tellement que tu pourrais me verser dans un seau.

Cours à la PAGE 86.

Tu t'empresses de remplir tes poches de pierreries. Tu as la taille idéale pour te glisser hors du tunnel avant que le plafond ne rejoigne le plancher en écrasant tout.

Un nuage de poussière de pierres précieuses couvre ton dos lorsque tu cours rejoindre Zoé.

Tu sors le sablier de ta poche. Le palouka est presque passé... il n'y a plus qu'un centimètre de sable dans la partie du haut du sablier! Tu n'as pas une seconde à perdre.

— Zoé! Tu es là?

— J'ai trouvé la dernière pépite d'or! Mais je ne sais pas comment l'extraire!

Zoé te conduit à une petite grotte où il y a une mare d'eau. Tu aperçois quelque chose au centre de la mare.

— C'est renversant!

Que vois-tu? Regarde de plus près à la PAGE 100.

— Tu fais partie des Jeunes Explorateurs, pas vrai ? te demande Ben en s'approchant. Tu as filé en douce comme je l'ai fait.

Tu te réjouis qu'il n'ait pas peur de toi !

Tu réussis à lui répondre malgré la substance qui te bloque la gorge.

— Oui.

— Je parie qu'en arrivant dans cette clairière, tu as vu cette table et as mangé un des fruits que contenait ce panier ! Te voilà un poisson monstre ! Leur piège a fonctionné !

Soudain, Ben lève le nez et se met à humer l'air. Un sourire abruti envahit son visage.

Comme en transe, il grimpe sur la table et s'empare d'une banane dans le panier. Il la tient près de son nez et en respire l'odeur alléchante. Tu sais bien ce qu'il ressent !

— Non, Ben ! N'en mange pas !

Ta voix ressemble toujours à un coassement de grenouille.

Ben pèle la banane !

S'il la mange, il sera probablement transformé en monstre lui aussi !

Essaie de l'arrêter à la PAGE 79.

Tu te mets à quatre pattes en face du tunnel de terre battue.

— Bonne chance, te dit Zoé. J'espère que tu vas trouver la sortie.

— À bientôt, dans cinq minutes peut-être.

Tu te glisses alors à plat ventre et te mets à ramper dans le tunnel sombre. La terre noire qui tombe des parois recouvre ton corps. Tu en as dans le visage et sous les ongles. Tu sors finalement du tunnel et aboutis dans la jungle!

Mais voilà un autre problème: tu te trouves au centre d'un genre de puits dont les parois carrées et abruptes atteignent cinq mètres de hauteur.

«C'est bien d'être hors de la caverne et de ces tunnels sombres, mais est-ce mieux qu'avant?» te demandes-tu en examinant les murs lisses du puits.

Tu as une grave décision à prendre. Devrais-tu retourner vers Zoé maintenant? Tes cinq minutes sont presque écoulées. Ou devrais-tu d'abord t'assurer qu'il est possible de sortir du puits?

Retrouve d'abord Zoé à la PAGE 113.
Sors du puits à la PAGE 80.

Où est allée Zoé? N'était-elle pas juste derrière toi? Ou était-elle trop effrayée pour te suivre?

Tu retournes à l'embouchure de la caverne, mais tu t'arrêtes dès que tu entends une voix.

— Voilà ton souper qui arrive, dit quelqu'un qui a la voix de Zoé. Maintenant, tu vas me laisser partir, d'accord?

Souper? Laisser partir? À qui parle-t-elle? Que se passe-t-il?

C'est alors que les parois de la caverne deviennent lisses et que le plancher se met à bouger comme un ascenseur rose.

Comme une longue langue rose.

Le souffle coupé par la surprise, tu te rends compte pourquoi l'air de la caverne est humide... tu n'es pas dans une caverne, mais dans la gueule d'une bête géante, aussi grosse qu'une montagne!

Comment est-ce possible? Comment Zoé l'a-t-elle su? Et pourquoi te trahirait-elle?

Ce sont de bonnes questions, mais tu n'as pas le temps d'y trouver les réponses.

En fait, il ne te reste que cinq secondes avant d'atterrir dans l'estomac rempli de sucs gastriques de la bête.

Quatre... trois... deux... un...

FIN

Tu avances prudemment jusqu'à l'endroit que tu explorais plus tôt avec les Jeunes Explorateurs.

«Cet arbre qui porte des fruits ressemblant à de petits cœurs doit être là, quelque part», penses-tu.

Tu repousses un rideau de lierre et arrives en vue d'une petite clairière. Juste au centre, se trouve l'arbre que tu as déjà vu. Pourvu que ce soit le cœur-ardent!

C'est un petit arbre aux feuilles plates et ternes et à l'écorce grise. Les branches sont lourdes de jolis fruits rouges en forme de cœurs.

— Regarde, Ben! J'ai trouvé l'arbre dont je te parlais!

Mais Ben te prend par le bras et te tire derrière un buisson fleuri.

— Chut! Quelqu'un vient!

Cours à la PAGE 57.

Deux squelettes de tigres et toi partagez la même fosse !

Ils tournent lentement autour de toi. Le vent souffle à travers leurs os et leurs mâchoires s'ouvrent et se ferment. Tu sais qu'ils meurent d'envie de te croquer.

Comme ils n'ont pas d'estomac, tu te dis qu'ils ne peuvent pas réellement te manger, mais ils ont quand même toutes leurs dents !

Tu recules dans un coin en t'assurant de ne trébucher sur aucun autre os.

Les tigres s'approchent ; leur queue cliquette lentement alors qu'ils la balancent d'un côté à l'autre.

Tu te rappelles alors un vieux film de jungle. Le héros se mettait à chanter et endormait un tigre sauvage. Peut-être cela fonctionnera-t-il avec des squelettes de tigres !

Ou peut-être devrais-tu bondir sur une des têtes de tigres, puis sauter sur le bord du puits. Tu es très athlétique après tout.

De toute façon, tu dois agir vite !

Pour chanter une chanson qui calmera les tigres, va à la PAGE 117.

Pour sauter, va à la PAGE 59.

Tu n'aperçois pas derrière le rocher celui qui porte la petite chaussure, mais tu as la certitude qu'il est relié à la disparition de ton amie.

— Qui est là? répètes-tu.

— C'est moi... ton ami troll!

Un petit homme sort de derrière le rocher. Il tient une lanterne qui éclaire la minuscule pièce.

Le troll porte un costume d'alpiniste avec culotte de cuir et chaussettes rayées vert et blanc. Une barbe blanche couvre son visage ridé. Il aurait presque l'air d'un clown s'il n'avait pas cette expression diabolique. Sa bouche n'est qu'une ligne mince et ses yeux, à ta surprise, sont ROUGES.

— Où est mon amie?

— En voilà une façon de me souhaiter la bienvenue! Je m'appelle Croton. Comment t'appelles-tu?

Le troll qui ne t'arrive qu'à la taille te tend sa main et se penche en avant. Il y a quelque chose d'affreux dans ses yeux rouges.

Si tu lui serres la main, va à la PAGE 29.
Si tu évites sa poignée de main, va à la PAGE 81.

Tu détaches la feuille collante de ton visage. Ta jambe est prisonnière d'un trou. Tout en clignant des yeux, tu regardes ton pied.

C'est alors que tu te rends compte que ce trou n'est pas un trou ordinaire.

C'est une fourmilière géante.

— Retire ta jambe avant que les fourmis rouges se fâchent! te conseille Ben. Et vite! Il faut trouver le cœur-ardent!

— Je ne peux pas dégager mon pied, il est pris!

Tu tires de toutes tes forces. En te penchant, tu grattes l'entrée de la fourmilière de tes nouvelles griffes coupantes. Tu souffles sous l'effort. Oh non!

Les fourmis rouges commencent à s'agglutiner autour de ta cheville!

— Vite, Ben! Attrape ce bâton et essaie de déterrer ma jambe!

Tu lui montres du menton un bâton sur le sol.

— Je ne sais pas si ça va marcher, dit ton ami. Je devrais peut-être verser de l'eau de ma gourde sur les fourmis. Ça les noierait! Que veux-tu que je fasse?

Si tu désires que Ben creuse avec le gros bâton, va à la PAGE 60.

Si tu veux qu'il noie les fourmis, va à la PAGE 89.

La lance de l'Amazone est pointée sur ton cœur !

Tu sens la fine pointe d'acier effleurer ton bras. Tu fermes les yeux.

Au dernier moment, l'Amazone donne un coup de lance à gauche. Au lieu de plonger dans ton corps, elle coupe les mailles du filet.

Ben et toi tombez sur le sol !

— Hi ! hi ! hi ! font les Amazones comme si c'était la chose la plus drôle du monde.

— Bien heureux qu'elles trouvent ça drôle, marmonne Ben qui essuie ses lunettes avec son t-shirt.

Vous êtes tous les deux étendus par terre, couverts de poussière. La chef des Amazones lève la main pour réclamer le silence. Les autres femmes guerrières cessent immédiatement de rire.

L'Amazone se laisse tomber à quatre pattes près de toi. Elle examine attentivement ton visage. Tu aperçois ton reflet dans ses grandes pupilles noires : ta peau grise, tes gros yeux noirs, tes rangées de dents tranchantes.

L'Amazone se met alors à se gratter le dos. Le sac en peau de tigre qui pend à son côté s'entrouvre. Il y a une tête réduite à l'intérieur !

Le choc te fait reculer.

Va à la PAGE 95.

En signe de politesse, tu te penches pour lui ser-
rer la main. Le troll te regarde alors droit dans les
yeux et te sourit d'un air menaçant.

«Ces yeux ne sont pas si terribles après tout! te
dis-tu. Je peux même m'y mirer!»

Mais il y a autre chose.

Tu observes plus attentivement les yeux rouges
du troll.

Il y a ta mère! Et ton père! Et ta maison! Que
font-ils là-dedans?

Les yeux t'étourdissent. On dirait que les rochers
de la caverne se mettent à tourner. Mais tu essaies
de voir encore ce qu'il y a au fond des yeux.

Ton père et ta mère pleurent! Ils pleurent
quelqu'un...

Tu scrutes les profondeurs des yeux rouges du
troll.

ILS TE PLEURENT! Ils croient qu'ils ne te
reverront jamais.

Pendant que tu le regardais profondément dans
les yeux, le troll t'hypnotisait. Il a fait de toi son
esclave pour le reste de tes jours.

Tant pis si tu n'as pu résister à votre poignée de
main, parce que maintenant tu ne résisteras à rien
de ce que te demandera le troll.

FIN

— C'était un chien, dis-tu.

Le visage du troll devient tout rouge. Sa peau prend la couleur de ses yeux féroces.

— Non ! non ! non ! hurle-t-il.

— Tu veux dire que j'ai fait une erreur ?

— Non ! Tu as raison ! C'est moi qui ai posé une question trop facile !

Parfait ! Tu as réussi !

— Non ! non ! grogne encore Croton en se jetant par terre et en frappant le sol de ses petits poings. Je n'ai pas mangé depuis vingt ans.

— C'est ton problème, mon vieux. J'ai gagné honnêtement. Maintenant, montre-moi où est Zoé et donne-moi mon or !

— Pourquoi ne me donnes-tu pas une dernière chance ? On pourrait jouer une autre pépite d'or... Ainsi, tu les aurais toutes les trois et tu serais libre.

Tu hésites.

— Je ne sais pas.

— Allez, ça va être amusant ! Je vais te poser une autre question sur un *Chair de poule*. Vite, le temps passe.

Il te faut prendre rapidement une décision.

Veux-tu jouer pour gagner la dernière pépite d'or ? Va à la PAGE 114.

Ou choisis-tu de te sauver du troll avec Zoé et deux pépites d'or ? Va à la PAGE 38.

Non. Ce n'est pas une autre bête de pierre que tu as aperçue derrière la chute. C'est l'entrée d'une caverne !

— On ne sera peut-être pas capables de remonter la chute, mais on pourra peut-être passer au travers. Viens ici, regarde !

Tout en parlant, tu avances vers les eaux tumultueuses en t'agrippant à ton bâton flottant. Zoé te suit, tout excitée.

— Fantastique ! Il y a une caverne derrière la chute ! On pourra peut-être s'y glisser et sortir de ce merdier !

Tu prends une profonde inspiration et plonges, sans lâcher ton bâton, dans la poussière d'eau créée par les remous. La chute t'enfonce sous l'eau. Pendant un moment, tes yeux et tes oreilles sont remplis d'écume blanche.

Lorsque tu reviens à la surface, tu te trouves derrière le rideau de la chute, dans l'entrée de la caverne. Les rayons du soleil créent des arcs-en-ciel miniatures dans la bruine. La mare est jolie vue à travers la chute, mais la caverne derrière toi n'est pas aussi attirante.

Des rochers escarpés s'entassent dans l'ouverture et un vent humide et chaud te souffle au visage.

Tu sens soudain quelque chose de gluant frôler ta jambe sous l'eau. Qu'est-ce que c'est ? Mais avant que tu puisses y réfléchir, CETTE CHOSE AGRIPPE TON PIED ET TE TIRE SOUS L'EAU !

Vite ! Patauge jusqu'à la PAGE 125.

— C'est Sarah la peste! déclares-tu avec fierté.

— C'est faux, faux, faux! jubile Croton. J'ai gagné! J'ai gagné!

Oh non! Tu as choisi la mauvaise réponse!

Tu te sens soudain à l'étroit.

Dans l'estomac de Croton, Zoé et toi formez maintenant une boule!

FIN

Tu avances le long du tunnel sombre en prêtant l'oreille aux battements de ton cœur.

Comment trouver trois pépites d'or dans une obscurité si profonde que tu vois à peine le bout de ton nez?

Boum boum, boum boum. C'est le seul bruit que tu entends.

«Je n'entends même pas les pas de Zoé», penses-tu en continuant ton chemin dans l'étroit passage.

C'est à ce moment-là que le tunnel se termine. Oui, oui. Tu arrives face à un mur de pierre incurvé.

Tu te trouves dans une petite caverne bloquée par de gros rochers. C'est un cul-de-sac.

Où est passée Zoé? Elle était pourtant juste devant toi...

Ton cœur bat plus vite! Boum boum. Boum boum. Où est-elle?

Cherche-la à la PAGE 104.

— Retournons dans le grand tunnel et choisissons une autre direction! te crie Zoé.

Vous courez vers l'endroit d'où vous venez. La sueur te coule dans le cou.

— Il ne nous manque qu'une seule pépite d'or! Vite! Il ne nous reste qu'un quart de palouka!

— Merci de m'avoir sauvée du troll.

— Ça m'a fait plaisir.

Vous atteignez finalement la branche principale du tunnel. Les lanternes accrochées aux murs brillent toujours.

Tu jettes un regard dans les deux directions. À droite, tu aperçois un tunnel qui mène à un tas de petits passages. Beaucoup d'options, mais aussi beaucoup de risques de se perdre.

À gauche, un large tunnel qui a l'air humide. S'il y a un cours d'eau souterrain, ce sera l'endroit parfait pour y chercher de l'or, mais c'est peut-être glissant.

Si tu te diriges vers le groupe de petits tunnels, va à la PAGE 109.

Si tu te lances dans le tunnel glissant, va à la PAGE 12.

Non ! Tu ne peux plus respirer sur terre ! C'est stupéfiant ! Tu marchais et respirais normalement il y a à peine quelques minutes. Ta transformation en monstre marin est complétée !

Tu as un étourdissement. Il te vient alors à l'esprit de retourner dans l'eau où tu pourras respirer à l'aide de tes branchies.

Tu te traînes jusqu'au bord de la rivière. Ploc ! Tu te jettes dans l'eau courante.

Quelle joie de sentir l'eau froide et limpide passer à travers tes branchies !

« Je ne crois pas avoir de l'aide de madame Morose, soupires-tu. À moins qu'elle vienne se baigner ! »

En fait, la vie est assez agréable dans la rivière. Il y a plein de petits poissons à manger et, parfois, tu chasses même les alligators.

Lorsque des humains viennent nager, tu essaies de leur expliquer qui tu es. Mais dès que tu réussis à attirer leur attention, ils ne restent pas assez longtemps pour entendre tes explications.

Ils ne savent peut-être pas qui tu étais, mais ils savent qui tu es maintenant. Tu es une légende célèbre de par le monde. On t'appelle... l'Abominable Monstre marin !

FIN

— Je dois combattre le dragon! Je ne peux pas m'en aller avant d'avoir cueilli un de ces fruits! Si je ne réussis pas, je garderai la forme d'un monstre toute ma vie!

— D'accord, approuve Ben, courageux. Nous allons combattre le dragon!

C'est alors que tu te rappelles quelque chose que tu as appris à l'école au sujet des lézards. Cela fonctionnera peut-être pour le dragon!

— Ne bouge pas, Ben! Certains lézards ne perçoivent que les objets en mouvement. Ce dragon ne nous verra peut-être pas si nous restons immobiles.

Tu as raison. Après que Ben et toi cessez de bouger, le dragon semble confus. Il renifle l'air et fouille la caverne de ses yeux rouge et vert. Mais il ne vous voit pas. Il perd tout intérêt et retourne derrière l'arbre.

— Je vais aller très lentement cueillir un fruit, chuchotes-tu.

Tu avances au ralenti vers la nappe de lave. Tu atteins finalement la petite étendue de roche en fusion.

Va à la **PAGE 82.**

À peu près à vingt mètres vers la droite, à travers les branches entrelacées et les feuilles de la jungle, tu aperçois un buisson.

Un gros buisson de lierre... avec des pieds !

Oui, oui ! Deux pieds griffus sculptés dans la pierre sortent du lierre.

Tu t'imagines que c'est une vieille statue appartenant à une tribu de la jungle.

N'as-tu pas entendu dire qu'il y avait justement des chasseurs de têtes dans la région ? Tu as hâte de découvrir s'ils existent toujours.

Ces chasseurs réduisent les têtes humaines ! Et ils offrent des sacrifices à de vieilles statues sculptées dans la pierre. C'est du moins ce qui se dit. Madame Morose laisse croire à tout le monde que ce que la jungle abrite de plus dangereux, ce sont les abeilles. Ou les pucerons... parce qu'ils détruisent des plantes menacées !

— Zoé ! Viens voir ici ! Ce buisson est bizarre. J'aimerais qu'on aille l'examiner de plus près.

— J'ai une idée !

Tu connais Zoé depuis toujours. Lorsque tu aperçois une lueur dans ses yeux, c'est que vous êtes sur le point de vous attirer des ennuis... de gros ennuis !

Découvre quel genre d'ennuis à la PAGE 64.

— Je ne vais pas jouer la vie de Zoé. Donnez-moi mon or.

Les larmes aux yeux, le troll te tend les pépites d'or. Il pivote sur ses talons et appuie sur le gros rocher moussu derrière lui. Une pierre roule sur elle-même pour découvrir un réduit. Zoé est assise sur le sol, les bras croisés sur la poitrine.

— Il m'a enfermée ici ! hurle-t-elle.

Tu l'aides à se relever.

— Vite ! J'ai gagné deux pépites d'or, mais il ne nous reste plus beaucoup de temps !

Déçu, Croton donne des coups de pied dans la terre du tunnel.

— Attends une seconde, dit Zoé en soulevant le troll par le col. Je dois régler quelque chose avec ce bonhomme.

Elle jette le troll dans le réduit avant d'appuyer sur le rocher qui roule à sa place.

— C'est ce qu'on gagne à enfermer les gens !

— Viens ! t'écries-tu.

Vous courez tous les deux dans le tunnel.

Il ne vous manque qu'une pépite d'or ! Mais où la trouver ?

Regarde d'abord à la PAGE 34.

Les Amazones avancent sur toi, lance en main. Elles ont l'air de vouloir transformer votre tête en balle de aki.

C'est le temps de décamper. Sans un mot, Ben et toi filez.

Vous passez devant les Amazones et pénétrez dans la jungle où il y a toutes sortes de plantes et de fleurs exotiques.

Les Amazones crient à tue-tête en vous poursuivant. Même si elles sont vieilles, elles courent drôlement vite! Elles sont sur vos talons. Des flèches vous sifflent aux oreilles et se plantent dans l'écorce des arbres.

— Oh non! s'écrie Ben.

Vous vous arrêtez pile. Devant vous, s'ouvre un trou rempli de goudron fumant.

Une flèche passe au-dessus de ton épaule et atterrit dans le goudron où elle disparaît en laissant quelques bulles.

Une liane pend devant tes yeux.

— Que faisons-nous? demande Ben.

Pour survoler le trou en t'agrippant à la liane, va à la PAGE 54.

Pour sauter par-dessus le trou, va à la PAGE 75.

— Essayons la porte !

En même temps, tu attrapes la poignée de la porte bleue et la tournes de toutes tes forces. La porte s'ouvre et vous vous glissez à l'intérieur.

Tu refermes derrière toi.

BANG ! Les créatures frappent à la porte à coups redoublés.

Vous vous trouvez dans une petite pièce sombre. Grâce à la lumière des torches qui passe sous la porte, tu vois un peu.

— Où sommes-nous ? demandes-tu à Zoé.

— Je ne le sais pas, mais au moins nous avons échappé à ces fous à tête spongieuse.

BANG ! Les créatures frappent toujours sur la porte.

— Je ne peux pas croire que nous les ayons vaincus. Je croyais qu'on allait y passer !

— Ne t'inquiète pas, fait remarquer Zoé. Nous pouvons encore y passer.

BANG ! BANG ! Les créatures des cavernes tambourinent sur la porte.

— Cet endroit me donne la chair de poule !

— Moi aussi.

Tu frissonnes. Tu tournes la tête et perçois un mouvement vif.

— Qui est là ?

Bonne question...

La réponse se trouve à la PAGE 92.

Tu essaies de te dégager des Amazones. Trois d'entre elles te tiennent. Trois autres ont attrapé Ben. Vous ne pouvez plus bouger !

Ces femmes sont incroyablement fortes. Elles attachent vos mains et vos pieds avec de la corde qui semble faite de tiges végétales. Elles vous soulèvent et vous transportent dans la jungle. En travers des épaules d'une Amazone, tu t'inquiètes :

— Ben, qu'est-ce qu'on fait maintenant ? Est-ce que ta brochure indique d'autres moyens de combattre les Muglanis ?

— Non. Si seulement on avait essayé d'enjamber le puits de goudron ! On aurait peut-être réussi à s'en sortir !

— Peut-être. On aurait dû accepter leur aide en premier lieu.

Vous aurez tout le temps qu'il faut pour en discuter.

Bientôt, vos deux têtes réduites pendront côte à côte à la table de la clairière. Une petite tête de poisson et une autre tête à lunettes.

Vous allez passer beaucoup de temps ensemble, Ben et toi !

FIN

Zoé et toi filez à toute vitesse dans la jungle. Tu entends le cri de madame Morose :

— SILENCE !

Tu imagines son visage cramoisi.

Chacun se calme et madame Morose se remet à parler. Tu restes bien immobile, dans ta cachette derrière un gros arbre et tu l'écoutes.

— Nous avons deux heures de marche pour retourner à notre campement. Ce qui nous laisse jusqu'à quinze heures pour trouver l'*Amaryllis* ! Suivez-moi maintenant !

Ça marche. Ils partent à la recherche de cette fleur. Pourvu que tu reviennes pour quinze heures, on ne s'apercevra même pas de ton absence.

— Zoé, as-tu vraiment vu cette kéritato... quelque chose ?

— Jamais ! Mais maintenant, on explore !

Vous vous frayez un chemin entre les feuilles géantes et les lianes jusqu'aux pattes sculptées qui ont attiré votre attention.

— Ici, Zoé ! Il doit y avoir une statue sous cette verdure.

Vous arrachez le lierre et ce que vous apercevez vous glace le sang dans les veines...

Cours à la PAGE 47.

— Retournons où nous étions tantôt, dis-tu à Ben en quittant la clairière. Après tout, c'est là que j'ai cru voir le fruit du cœur-ardent.

Ben bondit devant toi et écarte le feuillage épais de la côte abrupte que vous montez.

— Je comprends maintenant pourquoi ils utilisent ces grosses machettes dans les films. Ces feuilles sont vraiment épaisses !

Une pluie légère se met à tomber. L'eau rafraîchit ta peau collante. Ben et toi rebroussez chemin jusqu'au point de rencontre avec madame Morose lorsque vous arrivez près d'un arbre noueux.

Tu entends un bruissement à tes pieds.

Soudain, Ben et toi êtes soulevés dans les airs.

Vous êtes prisonniers d'un grand filet !

Rends-toi vite à la PAGE 44.

Vous pendez d'un arbre géant, prisonniers d'un grand filet. Des cordes rugueuses vous serrent de partout.

— Qui a posé ce filet ici ? demandes-tu à Ben. Penses-tu que ce sont les sorciers ?

— Je ne le sais pas... j'espère que non !

Ben et toi avez les bras et les jambes emmêlés. Tu ne peux plus différencier le haut du bas.

Un bruissement qui vient du sol attire ton attention. Un groupe de très grandes femmes vêtues de cuir et d'une peau de bête sort du couvert des arbres.

Très vieilles, elles ont le visage tanné et ridé et leurs cheveux sont tressés. Un arc recourbé est passé en travers de leur poitrine et elles tiennent une lance bien pointue dans leur main.

— Ce ne sont pas les sorciers dont on parlait dans la brochure ! chuchote Ben.

— Regarde leur lance. Elles n'ont pas l'air très amicales.

— Ces sont des guerrières ! J'ai déjà lu que le fleuve Amazone devait son nom à des femmes guerrières. On les appelait les... Amazones !

La chef des Amazones fait un pas en avant. Elle lève sa lance décorée, la pointe droit sur toi et se prépare à l'attaque !

Va vite à la PAGE 28.

Tu creuses pour trouver de l'or parmi les bijoux. Tu ne peux t'empêcher de glisser quelques pierres précieuses dans tes poches.

Une émeraude ici, un diamant là...

Bientôt, tu oublies l'or et Zoé, et ne penses qu'à remplir tes poches de pierreries !

Tu n'as qu'une pensée : ramasser une fortune tout en rêvant d'offrir à ta mère un diamant de mille carats ! Tu n'as même pas remarqué que les murs se refermaient autour de toi.

Les formations rocheuses du plafond de la caverne s'emboîtent parfaitement dans celles du plancher. Comme des dents, elles se referment sur toi !

Tu lèves les yeux juste au bon moment.

Si tu te déplaces rapidement, tu auras juste assez d'espace pour t'échapper par là d'où tu viens. Bien entendu, il va te falloir vider tes poches de toutes ces pierreries si tu ne veux pas occuper trop de place.

Mais peut-être que tu t'en sortiras si tu restes sans bouger sur le sol, entre deux stalagmites. Tu pourras alors garder ton trésor. Tu seras riche !

C'est le choix qui s'offre à toi !

Laisse tomber les pierres précieuses et glisse jusqu'à la PAGE 20.

Couche-toi par terre et attends que la pièce se rouvre à la PAGE 4.

La brochure de Ben explique pourquoi tu es un monstre. Avec l'aide de ton copain, tu peux peut-être redevenir un être humain !

— Les Muglanis sont un peuple de guérisseurs... tu sais, des sorciers, explique Ben. Ils ont laissé ces fruits ici pour que les gens soient transformés en créatures étranges. Ils n'aiment pas les gens. Les Muglanis veulent transformer tout le monde en animaux ou en monstres !

— Est-ce qu'on explique comment on rompt le charme ? demandes-tu d'une voix enrouée.

— On dit qu'il existe un fruit légendaire qui contre le charme des Muglanis. C'est le fruit du cœur-ardent.

— Je me rappelle que madame Morose nous a montré un arbre dont les fruits avaient la forme de petits cœurs rouges. C'est peut-être celui-là ! Veux-tu m'aider à le trouver ?

— Bien sûr. Après tout, tu m'as empêché de manger la banane magique.

— Vite ! Il est déjà quatorze heures vingt. Nous devons rencontrer madame Morose à quinze heures.

— Dans quelle direction se trouvait l'arbre que tu as vu ? Vers la gauche ou vers la droite ?

Lance une pièce de monnaie ! Face, va à gauche à la PAGE 43.

Pile, va à droite à la PAGE 103.

Le lierre grimpant retombe de chaque côté de la statue. Une affreuse gargouille sculptée dans une pierre blanche te sourit. Ses yeux protubérants et ses longues dents aiguisées lui donnent l'air d'un chat mutant !

— C'est étrange, dit Zoé. J'ai le frisson rien qu'à la regarder.

Tu entends alors quelque chose. On dirait un grognement profond qui vient de la statue !

Tu sens un souffle chaud sur ton visage, puis tu remarques que des morceaux de plâtre se détachent de la statue.

« Que se passe-t-il ? » te demandes-tu. Tu secoues la tête et clignes des yeux, mais rien n'y fait. La grande bête de pierre lève l'une de ses pattes et, d'un coup de griffes, coupe le lierre qui y est accroché.

— Cours ! crie Zoé.

Mais dans quelle direction ? Il y a deux sentiers qui partent d'où vous êtes.

Dans le sentier de gauche, tu aperçois un petit étang et une chute d'eau. Vous pourriez vous enfuir en nageant ! Sur la droite, il y a une clairière jonchée de grosses branches et de pierres.

Pour combattre la bête avec des branches et des pierres, cours à la PAGE 11.

Pour tenter ta chance dans l'eau, presse-toi d'atteindre la PAGE 68.

La bête avance de deux pas vers Zoé et toi et, soudain, elle pousse un cri et se met à trembler! La gargouille ressemble plus à un chiot effrayé qu'à un monstre féroce. Elle semble terrifiée!

Gémissante et la queue entre les pattes, la gargouille recule et s'enfuit! Tu en laisses tomber ton bâton.

— Je ne peux pas y croire! cries-tu à Zoé. Qu'est-il arrivé?

— On dirait qu'elle a eu peur de quelque chose! Peut-être qu'elle ne supporte pas le soleil. Ou que le gazon lui donne de l'urticaire!

— Ha! ha! très drôle!

En regardant de nouveau dans la clairière, tu vois la table en bois que tu avais remarquée plus tôt. Tu t'en approches, mais elle te donne le frisson.

— La gargouille avait peut-être peur de cette table.

— Qu'a-t-elle de si effrayant? te demande Zoé en repoussant ses cheveux de ses yeux.

— Je ne sais pas.

Tu hausses les épaules et te penches pour examiner l'énorme table en bois. Tu t'aperçois alors qu'elle est décorée de têtes réduites!

Des têtes réduites humaines!

Sauve-toi à la PAGE 110.

— Cours! hurle Ben. Le dragon est derrière toi!

Vite, tu glisses le fruit charnu du cœur-ardent dans ta poche.

Ben court dans le tunnel et se dirige vers la sortie.

Tu te tournes pour affronter le dragon, mais ton pied glisse sur la roche et tu tombes sur le sol. Tu en perds le souffle mais, pire, ton gourdin t'échappe!

Le dragon pousse un rugissement furieux et se rue sur toi. Son poids te cloue au sol.

Te voilà face à face avec un dragon meurtrier!

Va à la PAGE 133 avant qu'il soit trop tard!

Tu ferais aussi bien de parler au Muglani. Si tu t'enfuis, il peut te jeter un autre sort.

— Excusez-moi, monsieur. Êtes-vous le sorcier qui a fait de moi un monstre?

— Oui.

Il parle avec un fort accent, mais c'est quand même étonnant que cette ancienne tribu connaisse le français.

— Et vous avez très bien réussi, tous les deux.

— Que voulez-vous dire? demande Ben.

— Vous avez trouvé le cœur-ardent! Vous avez passé le test! déclare le Muglani.

Autour de vous, dans la jungle, d'autres Muglanis s'avancent: des hommes, des femmes, des enfants, vêtus d'une peau de tigre, sceptre en main.

— Nous avions tout organisé! explique le Muglani. Nous avons utilisé notre magie pour créer le Club des Jeunes Explorateurs et nous nous sommes assurés que vous iriez tous les deux dans la clairière et trouveriez le fruit du cœur-ardent!

— Vous voulez dire que c'était un test?

— Oui. Et vous avez gagné!

— Mais qu'avons-nous donc gagné? demande nerveusement Ben.

Découvre-le à la PAGE 99.

Tes yeux fixent ceux de la statue de pierre. Elle ressemble à un dragon de défilé chinois. Elle te montre ses dents dans une grimace hideuse. Tu dois te décider à agir.

Comme la bête est en pierre, elle n'est probablement pas capable de nager. Mais il y a un hic... toi non plus!

Tu fouilles désespérément les alentours des yeux. Il y a un gros bâton sur le sol.

Tu as besoin de quelque chose pour combattre cette gargouille. Et peut-être le bâton va-t-il t'aider à flotter si tu sautes à l'eau. Tu le ramasses donc.

La gargouille agite furieusement la queue et se lèche les babines avec sa grosse langue râpeuse.

Que vas-tu faire? Risquer de te noyer ou essayer de combattre la bête?

Décide-toi avant qu'elle ne se jette sur toi!

Pour combattre la gargouille de pierre avec le bâton, va à la PAGE 112.

Pour sauter dans l'eau avec le bâton, va à la PAGE 78.

Tu sais qu'il n'y a pas de retour en arrière possible. Pas avec cette gargouille qui monte la garde. La caverne est ton seul espoir, même si elle est sombre et effrayante.

— Vas-y d'abord, Zoé, si tu es si brave.

— D'accord, poule mouillée, suis-moi.

Elle entre dans la caverne et tu restes derrière elle.

Vous êtes tout humides et vous claquez des dents, mais la brise chaude qui souffle de la caverne vous assèche.

Tes yeux s'habituent à l'obscurité ; tu aperçois des rochers escarpés le long des parois de la caverne.

Vous avancez lentement dans le noir. Zoé t'avertit lorsqu'il y a un rocher ou un trou. Vous marchez pendant ce qui te semble une éternité quand tu vois quelque chose d'extraordinaire... de la lumière !

— Regarde ! cries-tu à Zoé. Ce doit être la sortie !

Courez à la PAGE 88.

— C'est gentil à vous de nous offrir votre aide, mais il faut vraiment qu'on y aille.

«Après tout, te dis-tu, une des Amazones a une tête réduite dans son sac.» De plus, elles ont des arcs, des flèches et des lances. Impossible de leur faire confiance. Elles sont trop dangereuses!

— C'était bien sympathique de faire votre connaissance, renchérit Ben. À bientôt!

Le visage de l'Amazone rougit pendant que vous vous éloignez vers l'orée de la forêt. Elle claque des doigts et toutes les autres lèvent leur lance qu'elles pointent sur vous!

— Bon, fait l'Amazone, j'avoue que nous avons déposé le fruit magique pour te transformer en monstre. C'est nous les Muglanis... et nous voulons vos têtes!

Vite, va à la PAGE 39.

— Essayons de sauter par-dessus le puits de goudron! suggères-tu à Ben.

Les Amazones vous suivent de près. Il n'y a pas de temps à perdre!

Tu étires ton bras pour attraper la liane, mais un vent tropical la fait voler hors de ton atteinte.

— Vite! crie Ben. Elles arrivent!

Tu lève ton bras encore plus haut pour tenter d'atteindre la liane.

De fortes mains t'enserrent les bras.

C'est trop tard! Les Amazones ont gagné!

Défends-toi à la PAGE 41.

— Contournons la nappe de lave, dis-tu à Zoé.

La lave bouillonnante émet des sifflements. Elle colore votre visage en orange. Zoé et toi avancez prudemment au bord de la nappe de lave.

Mais soudain, tu perds pied !

Tu lèves les bras en l'air ! Zoé te rattrape et te tire vers elle. De justesse !

Tu regardes la semelle fondue de ta chaussure.

— Merci, Zoé. Tu m'as sauvé la vie.

— Tu me dois une fière chandelle. Mais on devrait continuer avant que ces têtes de ouate trouvent le moyen de nous suivre.

Vous contournez la nappe de lave et avancez dans un étroit passage qui conduit dans...

Une grande caverne illuminée ! Vous avez tourné en rond ! Les créatures des cavernes rient en vous encerclant. Elles vous prennent par le bras et vous conduisent devant le roi sur son trône pyramidal.

Va à la **PAGE 135**.

De minuscules poissons essaient de te mordre le nez avant de replonger dans l'eau.

Tu prends un moment pour respirer profondément et vérifier le sablier dans ta poche.

— Regarde! Notre palouka est presque terminé! Nous devons trouver de l'or... vite!

— Je sais, répond ton amie. Pendant ton absence, j'ai même essayé de repêcher l'or avec un bâton, mais les poissons l'ont mangé!

Tu jettes un regard autour de la caverne. Les murs ont l'air humides, mais, en les examinant de près, tu y aperçois de petites taches jaunes. Ils sont couverts de petites limaces jaunes!

— J'ai une idée!

Tu sors ton canif de la poche de ton jean, tu détaches ta chaussure et attaches le canif au lacet, lame ouverte. Tu décolles ensuite une limace du mur et l'enfiles sur ton hameçon maison.

— On va à la pêche!

Mais avec un tel appât, tu risques de pêcher gros.

Va voir ce que tu attrapes à la PAGE 119.

Tu t'apprêtais à courir dans la clairière vers l'arbre, mais Ben t'arrête juste à temps !

De ta cachette derrière les buissons, tu aperçois madame Morose qui entre dans la clairière, suivie des Jeunes Explorateurs.

— Hum... Je ne vois l'*Amaryllis* nulle part ! Où peut bien se cacher cette plante ?

— Hé, madame Morose, lance Bernard Boisvert. Quel est le nom de cet arbre rempli de fruits ?

— Je ne me souviens pas du nom scientifique, mais ici, en Amazonie, on l'appelle le cœur-ardent.

Ta joie d'entendre le nom de l'arbre te fait crier à tue-tête.

— Oui !

— Quel est ce bruit ? demande madame Morose.

— On dirait que ça vient de là, dit Frédéric, le petit frère de Bernard, en pointant le doigt vers ta cachette.

— Qu'est-ce qu'on fait ? chuchote Ben. Est-ce qu'on leur dit qui tu es ? Ou est-ce qu'on leur fait peur ? Après tout, ils ne vont jamais te reconnaître !

Pour t'avancer et raconter ce qui t'est arrivé, va à la PAGE 18.

Pour faire un bond en avant et effrayer tout le monde, va à la PAGE 129.

Zoé et toi courez dans le grand tunnel.

— Où allons-nous trouver de l'or? demandes-tu à Zoé.

— Je ne sais pas. Ce n'est pas comme une course au trésor. L'or, ça ne tombe pas du ciel.

Le tunnel est large et bien éclairé par des lanternes accrochées aux murs tous les deux mètres environ. Il se ramifie en plus petits tunnels de chaque côté. Zoé en indique un qui descend en pente.

— Vite, prenons celui-ci. Il doit y avoir de l'or plus bas, vers le centre de la terre.

Devant vous, il y a aussi un tunnel qui monte. Il y a même une échelle qui est taillée dans la pierre.

Si tu prends le tunnel qui descend sous la terre, va à la PAGE 14.

Si tu montes à l'échelle qui est devant toi, grimpe à la PAGE 98.

— Ouah! cries-tu en bondissant sur le crâne du tigre qui est le plus près.

Ta chaussure a à peine effleuré le crâne décrépit que tout le squelette s'effondre.

Crac!

Tu atterris dans un tas d'os de tigre. Aïe! On dirait que tu t'es tordu la cheville. Et tu ne peux plus bouger un bras.

L'autre tigre bondit sur toi; mais comme tu sais qu'il n'est pas très solide, tu lui donnes un coup de ta bonne jambe.

Tu n'auras plus à t'inquiéter de ces deux-là. Mais il faut quand même sortir de cette fosse.

Ton bras est tout engourdi et la jambe te brûle comme si on y appliquait une lampe à souder. Tu n'iras pas loin!

Tu appelles à l'aide, mais d'ici à ce que quelqu'un te trouve, on ne différenciera plus tes os de ceux des tigres.

FIN

— S'il te plaît, Ben, aide-moi à déterrer ma jambe! Si nous essayons de les noyer, cela va les rendre plus furieuses encore.

— D'accord.

Ben ramasse le bâton, s'agenouille et l'enfonce dans la fourmilière.

Pendant qu'il creuse, les fourmis filent en tous sens. Tu regardes les petits insectes rouges aux minuscules pinces.

Tu as soudain très faim.

Sans même réfléchir, tu sors ta longue langue collante et prends une pleine bouchée de fourmis rouges.

Miam! C'est délicieux.

Ben te regarde, étonné.

— Quelle langue!

Tu dardes de nouveau ta langue et les fourmis s'y collent par centaines. Bientôt tu les as toutes mangées!

Tu retires ton pied de la fourmilière détruite tout en passant ta langue aux coins de ta bouche.

— Je pense que j'avais faim.

— C'est dégoûtant! s'écrie Ben. Mais allons-y! Il ne nous reste qu'une demi-heure avant que madame Morose et le reste du groupe s'en retournent au camp! Il faut trouver ce cœur-ardent avant eux!

Va à la PAGE 24.

Il ne reste qu'un gros poisson dans la mare avec la pépite d'or. Le piranha géant nage d'un côté à l'autre avec ton hameçon dans la gueule.

— Regarde la taille de celui-là !

— Il est énorme, dit Zoé.

Tu saisis ton lacet et tires le gros poisson hors de l'eau. Le tenant loin de toi, tu le déposes sur le plancher de la caverne. La lame du couteau sort de sa joue.

Zoé patauge dans la mare vide à la recherche de l'or lorsque tu entends une petite voix étouffée.

— Libère-moi. Si tu me rejettes dans la mare, je vais réaliser un de tes souhaits.

— C'est le poisson qui parle ! Inouï !

— Allons, on n'a pas le temps de rigoler, crie Zoé en prenant la pépite. Il faut retourner vers le roi. On a trouvé l'or qu'il nous a demandé ! Lâche le poisson et partons !

Pour relancer le poisson dans la mare et faire un souhait, va à la PAGE 105.

Pour courir vers la salle du trône, va à la PAGE 130.

Les Amazones vous conduisent dans la jungle pour trouver le fruit du cœur-ardent. Même si elles semblent très vieilles, elles marchent vite! Elles se faufilent entre les arbres sans faire trembler une seule feuille.

Tout en les suivant, tu commences à avoir faim. Même si tu viens juste de manger cette poire, on dirait que ton estomac est vide. Les monstres ont-ils plus d'appétit que les simples mortels?

Ton estomac gargouille. Le feuillage épais de la jungle se brouille devant tes yeux. Tu vas perdre connaissance. Il faut vite que tu manges!

Y a-t-il un oranger sur le côté du sentier? Oui! Manger une orange serait fantastique!

Elles sentent bon, mais tu te rappelles que tu es un monstre aux yeux noirs exorbités et à la peau grise depuis la dernière fois que tu as succombé à un fruit.

«Ces fruits ne sont pas maléfiques, tentes-tu de te convaincre. Ils poussent dans un arbre au beau milieu de la jungle. Ils sont sûrement inoffensifs!» Ton estomac crie famine. Attrape une orange!

Mais tu devrais peut-être demander autre chose à manger aux Amazones.

Si tu cueilles une orange, va à la PAGE 69.
Si tu demandes quelque chose à manger aux Amazones, va à la PAGE 5.

De chaque coin de la salle, de chaque crevasse, des formes noires sortent de l'ombre. Elles t'encerclent. Certaines sont plus petites que toi, d'autres, plus grandes.

Lorsqu'elles passent dans la lumière des torches, tu as le frisson : ces formes ont quelque chose d'inhumain !

C'est d'abord leur tête bizarre. On dirait une boule de ouate ! Elle est toute ronde et couverte d'une mousse blanche. Leurs yeux sont de grosses gouttes gélatineuses blanches et brillantes !

Le dégoût t'empêche presque de le voir, mais leur corps est couvert d'écailles rocheuses. Comme si quelqu'un les avait trempées dans la colle et les avait ensuite roulées dans le gravier.

Que sont-elles ? Quelque race perdue de créatures des cavernes avec de gros yeux pour les aider à voir dans le noir ? Peut-être est-ce ce qui arrive lorsqu'on passe trop de temps sous la terre !

Elles avancent vers Zoé et toi. Tes genoux s'entrechoquent à leur approche.

Sont-elles amies ou ennemies ? Cours à la PAGE 91 !

— Madame Morose, quel est le nom de cette fleur très rare que vous avez décrite ce matin ? Celle que tous les scientifiques recherchent ?

Le groupe s'arrête dès que Zoé pose la question.

— Laquelle ? Tu veux dire l'*Amaryllis kerritat-locus* ?

— Est-ce celle qui a de bizarres pétales orangés et une tige bleue ? demande Zoé, innocemment.

— Oui ! Qu'est-ce qu'il y a ?

— Je l'ai vue !

— Où ? fait madame Morose en sautillant.

— Je pense que c'est par ici ou par là, dit Zoé en pointant du doigt à droite et à gauche.

— Nous devrions nous diviser et la chercher ! suggères-tu.

Tous les enfants se mettent à parler en même temps. C'est votre chance de filer en douce !

File à la PAGE 42.

Tu mords dans une poire que tu as prise dans le panier sur la table. Elle est fraîche et sucrée. Le jus te coule sur le menton.

— Je ne peux pas croire que tu en manges ! Tu ne sais même pas d'où vient ce fruit. Il est peut-être empoisonné. Ces gens y ont peut-être goûté ! fait Zoé en désignant les têtes réduites de la main.

— Je ne pouvais pas m'en empêcher. Ça sent si bon. C'est trop délicieux pour être empoisonné.

Mais quelques moments seulement après avoir avalé la deuxième bouchée, tu commences à te sentir drôle.

Le sol se met à tanguer ; les arbres se plient vers toi ; les feuilles font des pirouettes.

Le visage de Zoé se met à tourner, tourner, tourner...

— Que t'arrive-t-il ? l'entends-tu crier, désespérée.

Tourne jusqu'à la PAGE 94.

Le dragon se cache derrière le cœur-ardent. Tu en profites pour courir vers la sortie du tunnel.

Tout en courant, tu sens le capuchon autour de ta tête qui se replie et tombe dans ton cou et sur ton dos écailleux. Tu ne savais même pas que ça pouvait servir.

— Ben! Ça va?

— Tu as réussi! C'est fabuleux! J'étais persuadé que tu allais mourir!

— Non, j'ai fait peur au dragon. Et j'ai aussi un fruit du cœur-ardent!

Le fruit palpite dans ta main. Tu le regardes avec satisfaction; il ne s'est pas écrasé pendant la bataille. Sa peau rouge sang est brillante et lisse. Tu t'apprêtes à y plonger les dents.

Découvre ce qui arrive à la PAGE 96.

— Sauve-toi, Ben! cries-tu en plongeant pour échapper à la main du sorcier.

— *Omlacca sacca*! commande ce dernier dans une langue inconnue.

Le vent s'élève immédiatement.

— *Kou bout a lounga*!

Huit autres sorciers revêtus de tuniques argentées font leur apparition! Ils ressemblent exactement au premier. Des rayures peintes sur le visage, ils sont coiffés de grands chapeaux à plumes. Ce sont sûrement des clones! Rugissant de fureur, les sorciers s'élancent à votre poursuite.

Ben part d'un côté, toi de l'autre. Quatre des clones te poursuivent à travers la jungle. Tu sautes par-dessus les racines et les petites plantes. Tu réussis à éviter les lianes basses et les branches d'arbres.

Tu atteins finalement le bord d'une rivière alimentée par un torrent boueux. De fortes lianes pendent d'un arbre géant.

Les sorciers atteignent à leur tour le bord de la rivière. Ils éclatent en chœur d'un rire démoniaque. Ensemble, ils lèvent les mains pour te saisir.

Tu attrapes l'une des lianes pour sauter par-dessus la rivière. Tu espères qu'elles sont aussi solides qu'elles en ont l'air!

Balance-toi à la PAGE 85.

Tu cours vers la chute. Tu vas peut-être semer la gargouille géante de cette manière. La bête de pierre ressemble un peu à un chat... et les chats détestent l'eau, n'est-ce pas ?

Plus loin sur le sentier, une petite mare d'eau est entourée de plantes et de fleurs tropicales. L'eau tombe de quinze mètres de haut dans cette mare en créant un nuage de vapeur d'eau. Ton amie Zoé y plonge en te criant :

— Saute !

Tu regardes autour de toi. La gargouille de pierre apparaît derrière toi. Ses mâchoires affreuses claquent dans le vide. Ses jambes musclées sont prêtes à faire un bond.

Va à la PAGE 51.

Tu décides de ne pas demander à manger pour ne pas ralentir le groupe. Tu vas avaler une orange vite fait.

Tu t'avances dans l'ombre de l'oranger pour cueillir un fruit et, soudain, le sol cède sous tes pieds!

Tu essaies de t'accrocher à quelque chose. Tes jointures font tomber quelques petites roches incrustées dans le sol meuble... puis tu plonges dans le vide!

Tes bras s'agitent et tu atterris finalement au fond d'un genre de puits.

Des parois abruptes de cinq mètres s'élèvent de tous côtés. En haut, tu peux apercevoir le feuillage vert de la jungle et le ciel bleu au-dessus.

— Hou hou! cries-tu à Ben et aux Amazones. M'entendez-vous? Je suis au fond d'un puits! Au secours!

Mais tu n'entends aucun bruit. Le groupe est trop loin pour t'entendre. Si seulement ils ne marchaient pas aussi vite!

Te voilà en prison!

Va à la PAGE 80.

Le roi se penche pour que son visage se trouve en face du tien. Il place sa main de pierre sur ton épaule et te regarde dans les yeux.

— As-tu pénétré dans ma caverne de joyaux? te demande-t-il gravement.

— De quoi parle-t-il? te demande Zoé.

Dis la vérité. As-tu oui ou non pénétré dans la caverne de joyaux?

Si tu as pénétré dans la caverne de joyaux, va à la PAGE 123.

Si tu ne sais pas de quoi le roi parle, va à la PAGE 106.

Dans le minuscule poing de Croton, reposent deux petites pépites d'or! Fantastique! Si tu pouvais les lui subtiliser, tu serais presque sur le chemin de la liberté.

— Nous allons jouer les pépites d'or, dit Croton.

— Comment?

— Comme tu n'as peur de rien, je vais te poser une question effrayante. Si tu réponds à ma question, tu gagnes l'or et je vais t'indiquer où est ton amie.

Il sait donc où est Zoé!

— Et si je n'ai pas la réponse?

— Eh bien, je vais garder l'or et ton amie. Tu vois, j'adore manger les êtres humains. Ils sont savoureux! Si tu perds, tu m'aides à transporter Zoé dans ma cuisine. Elle est trop lourde pour moi.

— Pas question!

Tu ne voudrais jamais parier sur la vie de ta meilleure amie.

— J'ai bien peur que tu n'aies pas le choix! Comment vas-tu la sauver si tu ne sais même pas où elle est?

Sur ces mots, Croton se met à rire. Il a raison. Tu dois jouer.

Va à la PAGE 15 pour décider de ta vie... et de celle de Zoé!

C'est un alligator! La rivière grouille d'alligators. Celui-ci t'entraîne sur la rive, ses dents refermées autour de ta jambe. Peu importe les efforts que tu y mets, tu ne peux te déprendre.

Étrangement, ça ne fait pas mal, mais ta colère monte. Tu retournes l'alligator sur le dos et le mords dans le cou. Après tout, tu possèdes des dents de monstre!

Aussitôt, l'alligator te lâche et s'éloigne.

Tu as réussi!

Tes amis de l'école ne te croiront jamais! Il ne te reste qu'à retourner à l'école pour le leur raconter.

C'est le moment d'aller renverser la situation. Lorsque madame Morose et les autres vont se rendre compte de ce qui t'est arrivé, ils vont t'aider à retrouver ton corps humain. La solution doit se trouver dans le fruit sur la table.

En deux brasses, tu atteins la rive. Tu sors de l'eau et montes sur la grève.

Au secours! Tes branchies s'agitent inutilement; les yeux te chauffent! Tu ne peux pas respirer!

Tu suffoques!

Vite! Saute à la PAGE 35.

Vous vous mettez à crier Zoé et toi en glissant sur les roches lisses. Vous atterrissez sur le plancher du tunnel, là où vous étiez.

— Oh non! s'écrie Zoé en faisant les yeux ronds. On avait presque réussi à sortir!

— Excuse-moi. Au moins, le sablier ne s'est pas brisé!

— Viens. Il faut trouver de l'or pour le roi... vite!

— Zoé, je regrette vraiment.

Heureusement, ton amie n'est pas rancunière.

— Pas de problème! Mais le temps file. Quelle direction devrait-on prendre?

Va à la PAGE 14.

— Il a surnommé sa sœur Sarah la satanique, déclares-tu avec fierté.

— Grrrr! fait le troll en sautillant. Époustouflant! Tu as encore gagné!

Tu bondis dans les airs! Tu as réussi!

— Donne-moi mon or maintenant!

Les yeux mouillés de larmes, Croton tire les trois pépites d'or de la poche de son pantalon et te les tend.

— Indique-moi maintenant où se trouve Zoé!

Tu jettes un coup d'œil au sablier: il te reste encore un cinquième de palouka. Tu suis le troll dans l'entrée du tunnel où Zoé est attachée. Croton la détache et s'enfuit aussitôt.

— Merci! s'écrie ton amie. Comment as-tu fait ça?

Tu lui racontes toute l'histoire pendant que vous vous dirigez vers la pyramide.

Vous atteignez la grande salle au moment où les derniers grains de sable se fraient un chemin dans l'étranglement du sablier.

— Nous avons l'or! cries-tu joyeusement avec un air de triomphe.

Le roi lui-même vous reconduit dans la jungle. Vous retrouvez le club des Jeunes Explorateurs.

Quelle aventure c'était!

FIN

La nappe de goudron bouillonnant n'est pas si large. Peut-être pouvez-vous l'enjamber.

— Sautons!

Tu sautes de l'autre côté.

Tu réussis presque. Ton pied touche le bord de la nappe, puis glisse dans le goudron bouillant. Tu tombes en arrière, le corps cambré.

Flac! Le goudron collant te recouvre de la tête aux pieds.

Floc! Ben atterrit par-dessus toi.

Plus vous vous démenez, plus vous coulez.

On dirait que vous êtes dans le pétrin... pour de bon.

FIN

— Qu'est-ce qu'il y a? Pourquoi veux-tu retourner là-bas? demande Zoé en cessant de grimper et en te regardant. Nous y sommes presque!

— J'ai toujours le sablier du roi! Je ne peux pas m'enfuir avec. Ce ne serait pas bien.

— Écoute. Laisse-le là. Il le retrouvera un jour ou l'autre.

Impatiente, Zoé pointe du doigt un gros rocher dont le sommet est plat. Le sablier y tiendrait tout juste.

— De toute façon, poursuit-elle en jetant un coup d'œil à sa montre, le reste du groupe part d'ici à quinze heures. Il est maintenant quatorze heures vingt-cinq! Il ne nous reste qu'une demi-heure avant qu'il quitte la jungle!

— Je me sens mal. Le roi a dit que le sablier était important pour lui. Je devrais au moins le rapporter dans le tunnel.

— Ce roi a été méchant avec nous. Je ne peux pas croire que tu aies de la peine pour lui! Si c'était moi, je garderais le sablier et je le revendrais!

Le temps passe. Que vas-tu faire?

Si tu déposes le sablier sur le rocher, va à la PAGE 128.

Si tu le gardes, va à la PAGE 9.

D'étranges sorciers vous entourent.

— Je m'excuse, dis-tu. Ce n'est pas l'envie qui nous manque de vous suivre, mais nous avons des familles qui nous attendent.

— Oui, renchérit Ben. Nous allons vraiment leur manquer si nous devenons des sorciers.

— Nous comprenons, dit le grand Muglani en frottant doucement son sceptre entre ses paumes. Mais vous comprenez aussi que nous ne pouvons pas vous laisser colporter nos secrets.

— Nous promettons de ne rien dire à personne! déclares-tu.

— Nous garderons le secret! ajoute Ben. Au revoir!

Vous tournez alors le dos aux Muglanis qui se remettent à psalmodier.

— *Oum oum oum. Clac-cui-vou-rop!*

Tu sens ton corps se transformer de nouveau. Des poils bruns le couvrent en entier. Tu commences à rapetisser et il te pousse une queue!

Tu es maintenant un singe! Près de toi, se trouve un autre singe à lunettes: Ben!

Quand les Muglanis ne veulent pas qu'on parle de leurs secrets, ils ne blaguent pas! Eh bien, tu as au moins un ami singe pour te tenir compagnie. Ensemble, vous allez sauter de branche en branche.

FIN

Juste au moment où la gargouille bondit sur toi, tu te jettes dans l'eau. Tu plonges dans la mare profonde tout en t'agrippant au gourdin. On dirait que tu restes sous l'eau très longtemps, mais alors...

Ton visage et tes bras crèvent la surface et tu peux enfin respirer. Le gourdin flotte, grâce au ciel! Ton amie te félicite.

— Tu as réussi!

— Oui!

L'eau est glacée. Tu suffoques. On dirait que tu prends ton bain dans un bac à glaçons!

— Regarde! s'exclame Zoé, essoufflée, en pointant la rive du doigt.

La bête de pierre arpente la grève de long en large. Elle a l'air furieuse.

— Elle n'entrera jamais dans l'eau, dit Zoé.

— Tant mieux! Mais qu'est-ce qu'on fait maintenant? Si on reste ici plus longtemps, je crois que je vais geler. Je ne sens déjà plus mes orteils!

Zoé ne répond pas, car elle grelotte trop fort. Tes pieds commencent à s'engourdir. Allez-vous vous transformer tous les deux en glaçons humains? Ou la grosse pierre à deux pattes va-t-elle vous déchiqueter?

Flotte jusqu'à la PAGE 6 pour découvrir s'il reste de l'espoir.

— N'en mange pas! cries-tu à Ben lorsqu'il porte la banane à sa bouche.

Son visage est rêveur. Tu t'avances vers lui et lui arraches le fruit des mains.

Au début, il est furieux; son visage devient tout rouge.

Puis il a l'air confus et il secoue la tête. On dirait qu'il sort d'un rêve.

— Merci! dit Ben. Tu as rompu le charme!

— Quel charme? De quoi parles-tu?

— Ce fruit est maléfique! Il a été laissé ici par une tribu de sorciers. C'est ce qu'on explique dans la brochure que j'ai trouvée à l'hôtel! Ça s'appelle le «mythe des Muglanis».

Va en apprendre plus sur les Muglanis à la PAGE 46.

Les mains sur les hanches, tu examines la fosse. « Comment vais-je sortir d'ici ? » te demandes-tu. Pourquoi a-t-on creusé ce gros trou au beau milieu de la jungle ?

Tu recules de deux pas. Peut-être pourrais-tu sauter et t'accrocher au bord du trou.

Comme ton pied touche le sol, un fort craquement se fait entendre !

Le craquement se transforme vite en un cliquetis d'outre-tombe qui te fait dresser les poils sur la nuque.

Quelque chose bouge derrière toi !

On dirait un tas de vieux os.

Tu te tournes très lentement, prudemment.

Va à la PAGE 126.

— Bonjour, Croton, dis-tu au troll en enfonçant tes mains dans tes poches. Avez-vous vu mon amie Zoé?

Le troll fronce les sourcils comme s'il réfléchissait. Il lève ensuite la main à la taille exacte de Zoé.

— Est-elle à peu près grande comme ça? A-t-elle des taches de rousseur, des cheveux dans la figure et de mauvaises manières?

— On dirait que c'est elle.

— Ouais. J'ai vu où elle est allée.

— Où est-elle?

Le troll s'assoit sur une petite pierre et croise les jambes.

— Je vais te le dire si tu me dis ce que vous faites ici. Il nous arrive très rarement de voir des enfants humains par ici.

— Nous avons trouvé refuge de l'autre côté de la chute, expliques-tu, et nous devons maintenant rapporter trois pépites d'or au roi sans quoi il fera de nous ses esclaves.

— Oh! Comme tu dois avoir peur!

— Non, je n'ai pas peur du tout.

— Pas peur du tout, hein? fait le troll, les yeux brillants. Eh bien, tu as de la chance! Regarde ce que j'ai ici.

Va voir ce qu'il a à la PAGE 71.

Tu t'apprêtes à cueillir un fruit du cœur-ardent. Le dragon ne te voit toujours pas. Tu bouges trop lentement pour qu'il t'aperçoive!

La chaleur de la lave te fait larmoyer. Tu prends un des fruits rouges dans ta main grise et griffue.

Il est tout chaud et il palpite! On dirait que tu tiens un cœur vivant dans ta main. C'est affreux!

En un tour de main, tu cueilles le fruit de l'arbre. Tu le tiens soigneusement afin de ne pas le déchirer avec une de tes griffes!

Tu te tournes ensuite vers Ben et lui sourit.

C'est alors que tu entends un sifflement violent! Le dragon se jette sur toi!

Cours à la PAGE 49!

— Je n'ai pas peur de passer en premier, Zoé!

— Oh non? Prouve-le-moi!

Tu commences à grimper sur les rochers glissants.

— Il n'y a rien ici qui m'effraie!

Tu regardes Zoé qui sort de l'eau froide à son tour. Elle enlève son blouson qu'elle tord avant de se tourner vers toi pour te sourire.

Tu commences à avancer dans la caverne dont les murs sont humides et gluants. Tu ne voudrais pas y toucher mais tu le dois si tu ne veux pas tomber. L'air de la caverne est chaud et humide. On dirait le souffle de quelqu'un!

— Étrange! Le plancher de la caverne est rose!

Zoé ne te répond pas.

— Zoé? Où es-tu?

Toujours pas de réponse. Tu fouilles l'obscurité derrière toi, mais il n'y a personne.

Mais peut-être y a-t-il quelqu'un après tout. Tu as l'étrange impression que quelqu'un t'observe... de l'intérieur de la caverne.

Suis ton intuition à la PAGE 23.

Ben et toi escaladez les rochers et pénétrez dans la caverne. Les rochers sont couverts d'une étrange mousse blanche qui brille juste assez pour vous aider à voir dans la caverne sombre. Tu marches en t'appuyant sur ton gourdin. Cela te facilite l'ascension des rochers escarpés.

— Je me demande pourquoi c'est si chaud ici, murmure Ben. Habituellement, il fait plus frais dans les cavernes qu'à l'extérieur !

— Oui, on crève là-dedans !

Au fur et à mesure que vous avancez, le tunnel se met à briller d'une lumière dorée. La caverne devient de plus en plus claire.

— Je vois l'arbre ! t'exclames-tu lorsque vous atteignez la pièce dont vous a parlé Rage.

— Fantastique !

Au milieu de la caverne, s'étend une nappe de lave. Un joli petit arbre se dresse au centre de celle-ci. Ses branches basses sont remplies de fruits rouges qui pendent comme des gouttes de sang.

— Bravo ! On a trouvé le cœur-ardent !

Mais, lorsque vous avancez vers l'arbre, un sifflement menaçant se fait entendre !

Sauvez-vous à la PAGE 10.

Tu saisis la liane. Tu espères ainsi pouvoir traverser la rivière et échapper aux sorciers.

Mais en t'y agrippant très fort, tu remarques que la liane a une drôle de texture. Ça ne ressemble pas à une plante. Est-ce que les plantes ont des écailles? Est-ce que les plantes rampent dans ta main? Et les plantes ne sifflent pas!

Horreur! C'est un gros boa constrictor!

Le serpent s'enroule autour de toi et se laisse tomber au sol. Tu tombes avec lui!

Les sorciers t'entourent en secouant tristement la tête. Ils voulaient réduire ta tête. Dommage pour eux!

S'ils essaient de dénouer le boa pour te libérer, ils risquent de tomber sur un os.

FIN

— Nous devons sortir de ce dédale de tunnels ! t'exclames-tu en regardant ta montre.

Zoé et toi possédez le même type de montres à l'épreuve de l'eau, indestructibles, qui éclairent légèrement, parfaites pour l'instant.

— Il est quatorze heures quarante-cinq ! Il faut retrouver les Jeunes Explorateurs à quinze heures.

— Prenons le grand tunnel là-bas.

— Je crois plutôt qu'on devrait passer là-dedans, fais-tu en pointant du doigt un petit terrier de terre meuble dans lequel tu vas pouvoir te glisser. On dirait que c'est un animal qui l'a creusé. Il doit conduire à la surface !

— Je sais. Pourquoi ne prenons-nous pas, toi et moi, un chemin différent ? On va pouvoir explorer deux fois plus ainsi. On se retrouvera dans quelques minutes.

— Bonne idée ! On se retrouve ici dans cinq minutes. Je sens que ce tunnel est le bon !

Tu te trompes royalement.

Glisse-toi dans le terrier jusqu'à la PAGE 22.

— Un « dragon gardien » ? Que voulez-vous dire ? Mais Rage est déjà partie ! Les autres Amazones et elle ont disparu dans l'épais feuillage de la jungle.

— Merci quand même ! leur lance Ben.

— Penses-tu qu'elle disait vrai au sujet du dragon gardien ?

— Je ne sais pas.

— On devrait peut-être apporter des armes pour s'en protéger.

— Pourquoi pas ces gourdins ? demande Ben en te montrant de grosses branches sur le sol.

— Ce sera parfait. Prenons-en chacun un. Dépêchons-nous ! Il nous faut rejoindre les Jeunes Explorateurs dans dix minutes ou ils partiront sans nous ! Entrons dans la caverne !

Cours à la PAGE 84 !

Zoé court vers la lumière en sautant sur les rochers. Tu la suis. Tu as hâte de sortir de la caverne et de retrouver le groupe... et même madame Morose.

Mais, lorsque tu lèves les yeux, tu te rends compte que vous avez débouché dans une espèce de grande salle souterraine. La lumière ne venait pas du soleil, mais de centaines de torches allumées qui ornent la pièce où tu te tiens.

— Fantastique! murmure Zoé. Où sommes-nous?

La caverne est tellement grande qu'on ne voit pas le plafond. Le plancher est couvert de tapis épais et, au bout de la pièce, s'élève une petite pyramide.

— Elle ressemble à celles qu'on a étudiées au cours d'histoire.

— Oui, mais on n'est plus en histoire maintenant! Regarde ce trône!

En haut de la pyramide se dresse un trône doré couvert de peaux de tigres. Zoé s'avance vers la pyramide, mais tu commences à ressentir un peu de nervosité. Quelqu'un a nécessairement allumé toutes ces torches et tu n'as pas très envie d'être encore là quand on reviendra.

Trop tard.

— Oh! oh! chuchote Zoé. Quelqu'un vient!

Qui est-ce? Des indices à la PAGE 63.

Les fourmis tentent désespérément de réintégrer leur fourmilière. Elles rampent sur ta jambe et commencent à te piquer!

— Vite, Ben! Verse de l'eau sur ma jambe!

Une grosse gourde en plastique vert est passée en travers de l'épaule de Ben. Il l'ouvre et arrose la fourmilière.

L'eau ne tue pas les fourmis; elle les rend folles furieuses! Elles envahissent ta jambe. Les piqûres brûlent comme du feu!

La fourmilière est maintenant toute boueuse et ta jambe s'y enfonce encore plus.

— Aïe, Ben! Au secours! Sors-moi de là!

Ben avance d'un pas, mais s'arrête aussitôt.

— Je ne peux pas! Je suis allergique aux piqûres de fourmis! Je vais aller chercher de l'aide!

Puis il détale à toutes jambes.

Si seulement tu étais une taupe plutôt qu'un poisson monstre maladroit! Tu pourrais alors te creuser une sortie.

Car lorsque Ben reviendra, il sera trop tard.

Les fourmis auront transporté ton corps entier hors de la fourmilière... bouchée après bouchée...

FIN

— C'était une chauve-souris, réponds-tu avec confiance.

— C'est faux ! hurle le troll, ravi. C'était un chien. J'ai gagné ! Je vais maintenant me préparer un petit ragoût humain ! Et de l'enfant rôti !

— Mais j'ai la certitude que c'était une chauve-souris !

— Non, ce n'était pas une chauve-souris ! hurle Croton. Pas une chauve-souris !

— C'était une grosse chauve-souris !

Croton se met à chantonner de plus en plus fort :

— Pas une chauve-souris ! Pas une chauve-souris !

Pendant qu'il chante ainsi, un autre son envahit le tunnel. Ça ressemble à un battement d'ailes.

Les cris de Croton s'évanouissent lentement au fur et à mesure que le battement s'amplifie. Une grosse chauve-souris poilue se pose sur le rocher !

Vite, va à la PAGE 17.

«Que nous veulent ces créatures des cavernes?»
te demandes-tu lorsqu'elles approchent.

— Regarde là! crie Zoé en te montrant la pyramide.

Toutes les créatures tombent soudain à genoux.

Un grand personnage apparaît alors sur le trône
au sommet de la pyramide. Il doit bien mesurer
trois mètres. Son visage est couvert de mousse
gluante, mais au lieu d'être blanche, elle est dorée.
De grandes cornes sortent de chaque côté de sa
grosse tête spongieuse et il est vêtu de peaux de
bêtes.

— Salut, fait-il d'une voix retentissante.

Il parle français!

Les créatures des cavernes s'avancent vers toi.
Elles veulent peut-être seulement te saluer, comme
leur roi. Mais pourquoi t'encercler si elles sont amicales? Rapidement, tu cherches la sortie des yeux. Il
y a des créatures partout...

Mais tu aperçois un petit passage à gauche!

Si tu t'y précipites maintenant, tu peux leur
échapper.

Mais tu peux rester et écouter ce que le grand roi
a à te dire. Qui sait.. il est peut-être gentil...

Il t'appartient de décider.

Pour te sauver, cours à la PAGE 131.
Pour écouter les propos du roi, va à la PAGE 107.

Tu essaies de voir ce qu'il y a dans la pièce avec vous. Lentement, tes yeux s'habituent à la pénombre.

BANG! Les créatures des cavernes tentent toujours de rentrer!

Il y a quelqu'un devant toi... c'est Zoé! Ou le reflet de Zoé, brisé en un millier d'éclats, comme si tu regardais dans une boule en miroirs.

Bang! Crac! Les créatures brisent la porte!

C'est alors que tu vois ton reflet un millier de fois. Bizarre. Qu'est-ce que c'est? C'est à ce moment-là que tu te rends compte que tu regardes dans l'œil d'une araignée! Une tarentule géante, en fait!

La porte s'ouvre brusquement pour livrer passage aux créatures des cavernes.

— Attention! Faites attention!

Tu te tournes vers l'araignée géante qui est couverte de gros poils bruns. Elle ouvre et referme ses pinces. Elle a l'air d'avoir faim! Tu fais trois pas vers la porte. Trop tard! D'un mouvement vif de ses longues pattes, elle vous prend, Zoé et toi, et vous enveloppe dans ses fils de soie.

— Nous avons essayé de vous avertir! disent tristement les créatures des cavernes.

Tu aimerais dire «Merci», mais tu en as plein les bras. En fait, c'est drôlement emmêlé comme

FIN.

Tu empruntes le tunnel de gauche et cours à toutes jambes.

Oh non! Ta chaussure est détachée et tu marches sur ton lacet... Tu t'envoles dans les airs et... bang! tu atterris sur le plancher.

La fourmi laisse tomber son rocher sur le sol. Elle place ensuite une de ses six pattes sur toi.

D'une pression du talon, elle t'écrase.

La dernière chose que tu entends, c'est la voix de la fourmi:

— Je déteste ces insectes roses! Il faut que j'appelle l'exterminateur!

Ouache!

FIN

— M'entends-tu? demande anxieusement Zoé. Ça va?

Tu te retrouves sur le sol. La poire t'échappe des mains et roule dans le gazon.

On dirait qu'il y a une bombe dans ta tête. Tout ton corps te démange et te fait mal.

Tu veux rassurer Zoé, mais tu n'émets qu'un gargouillis.

— Oh non! s'écrie ton amie. Quelle horreur!

Pâle et tremblante, on dirait que les yeux vont lui sortir des orbites.

Tu t'avances vers elle. Tu veux lui dire que tout va bien, mais elle recule.

C'est alors que Zoé, ta meilleure amie, se détourne de toi et s'enfuit dans la jungle en criant!

Tu essaies de lui dire «Attends, Zoé!», mais tu répètes le même gargouillis. Ta gorge est remplie d'une substance qui t'empêche de parler clairement.

«Pourquoi s'enfuit-elle de la sorte? Elle a l'air aussi effrayée que si j'étais un monstre!»

Et puis tu vois tes mains. Tu pousses un hurlement.

Ta peau a changé!

Découvre comment à la PAGE 136.

L'Amazone cesse de t'examiner et se lève.

— Il y a une tête réduite dans son sac, chuchotes-tu à Ben.

— Ce sont peut-être des Muglanis finalement!

— Écoutez, mes amis! dit l'Amazone dans un français parfait. Les Muglanis ont encore frappé! Nous devons aider ces enfants à conjurer le terrible sort que leur a jeté ce peuple.

L'Amazone vous aide à vous relever avant de continuer à parler.

— Je m'appelle Rage. Les Muglanis sont nos ennemis. Nous aidons toujours les infortunés que ce peuple transforme en monstres. Acceptez-vous notre aide?

Rage vous tend sa main. Tu vois la tête réduite dans son sac. Hummmm...

Peux-tu faire confiance à ces étranges femmes ou devrais-tu poursuivre ton chemin? Tu te rends compte qu'il est déjà quatorze heures trente. Il n'y a pas de temps à perdre!

Pour accepter leur aide, va à la PAGE 122.

Pour refuser leur aide et partir de ton côté, va à la PAGE 53.

Fantastique! Le fruit du cœur-ardent goûte le gâteau aux fraises.

Alors que tu le mastiques, la peau se met à te picoter. Ton visage se tend et est agité de tics. La jungle tourne autour de toi. Tout est embrouillé et tournoie de plus en plus vite. Bang! Tout s'arrête subitement!

— Ça marche! s'exclame Ben. Tu es de nouveau un enfant!

Tu as réussi! Excité, Ben te frappe dans le dos et tu rotes.

Tu rotes une petite flamme!

Vous courez tous les deux vers le sentier où vous avez laissé les Jeunes Explorateurs. Il ne vous faut pas longtemps pour les trouver. Madame Morose leur crie de se mettre en rang. Ouf! Juste à temps!

Zoé est là. Elle s'excuse de s'être enfuie en t'abandonnant.

— C'est pas grave, dis-tu. Ben et moi allons te raconter toute l'histoire!

De retour à la maison, tu deviens célèbre pour tes rots enflammés. Tu te produis dans différentes émissions de télé. De plus, c'est très utile lorsqu'il y a des guimauves à faire griller pour tes amis, Zoé et Ben.

FIN

Deux groupes de créatures des cavernes te tirent chacun de son côté. Elles commencent à te faire mal.

— Ce n'est pas une lutte à la corde! Lâchez-moi!

Un éclair jaillit tout près et les créatures te lâchent subitement. Elles gémissent et se couvrent les yeux.

La lumière éclatante semble leur faire mal aux yeux. « Qu'est-ce que c'est? » te demandes-tu. Tu aperçois alors Zoé qui sourit. Elle a une petite lampe de poche dans les mains.

— Je l'avais oubliée.

— Sortons d'ici au plus vite!

Vous repassez sous la chute. La gargouille a abandonné sa surveillance de l'étang. Vous pouvez donc rejoindre les Jeunes Explorateurs qui partaient sans vous!

Plus tard, ce soir-là, autour du feu de camp, Zoé et toi discutez de vos aventures. Tu te rappelles alors que tu as toujours le sablier du roi. Tu plonges la main dans ta poche pour le montrer à ton amie.

À ta grande surprise, tu trouves le sablier et une poignée de pierres précieuses! Elles doivent être entrées dans ta poche lorsque la pièce s'est refermée sur toi.

Tu partages les pierres avec Zoé. Vous n'êtes plus de Jeunes Explorateurs. Vous êtes maintenant de jeunes millionnaires!

FIN

— Zoé, prenons le tunnel qui monte ! Il nous conduira peut-être à la surface !

— Oui. Puis nous rejoindrons les Jeunes Explorateurs et oublierons toute cette affaire !

— J'aimerais bien. Viens, je vais t'aider.

Une fois Zoé engagée dans l'échelle, tu grimpes sur des rochers. Vous grimpez, grimpez, grimpez.

Le tunnel est de plus en plus éclairé au fur et à mesure que vous grimpez. Vous êtes presque de retour dans la jungle ! Vous sentez l'odeur des fleurs et entendez le chant des oiseaux tropicaux.

— Nous y sommes presque, annonce Zoé.

— Fantastique ! Je ne peux pas croire que c'était aussi facile !

Mais tu te souviens soudain... de quelque chose d'affreux !

— Zoé... je dois retourner en arrière !

Oh non ! Donnes-en la raison à Zoé à la PAGE 76.

Le chef des sorciers agite son sceptre.

— En trouvant le cœur-ardent, tu as passé le test!

Il glisse la main dans sa poche et en tire une poignée de poudre qu'il saupoudre sur ta tête.

Ça chatouille! Tu sens ta peau retrouver son état normal! Les griffes disparaissent. Tes dents perdent leur tranchant. Tu es de nouveau un être humain normal!

— Comme tu as réussi le test, nous allons faire de vous deux des Muglanis de l'Amazonie!

Sa grosse voix résonne dans la jungle. Il tape lentement des mains et les autres Muglanis se joignent à lui. Ils se mettent bientôt à psalmodier:

— *Oum oum oum ma-ki-ni-hé.*

— Veux-tu devenir sorcier? demandes-tu à Ben.

— Non, toi?

Tu secoues la tête. Les Muglanis ne vous prêtent aucune attention, occupés qu'ils sont à chanter et à taper des mains. Mais un silence de mort s'installe lorsque tu les interromps.

— Excusez-moi, les gars, mais nous ne voulons pas devenir des Muglanis!

— C'est ce que nous verrons! dit le chef avec un sourire diabolique.

Va à la PAGE 77.

Juste au centre de la mare, il y a une pépite d'or aussi grosse que ton poing !

De l'autre côté de l'étendue d'eau, tu aperçois aussi le tunnel principal qui mène à la salle du trône. Tout ce qu'il te reste à faire, c'est de t'emparer de l'or et de courir vers le roi.

— Bravo ! Finissons-en ! dis-tu en étendant la main pour attraper l'or.

Un poisson saute à la surface de l'eau au même moment et te mord le doigt de ses dents en rasoir.

— Qu'est-ce que c'était ?

Tu te penches au-dessus de l'eau pour regarder.

Une centaine de poissons semblables sillonnent la mare. Ils ont des yeux blancs et vides et des dents tranchantes. Leur peau est si pâle que tu peux même voir l'intérieur de leur corps.

— Recule ! crie Zoé lorsqu'un autre poisson saute vers ton visage.

Recule à la PAGE 56 !

Tu cours à travers la jungle à une vitesse étonnante. Tes jambes sont plus fortes qu'avant! Tu vois aussi beaucoup mieux. C'est sans doute parce que tes yeux sont si gros!

Les chasseurs suivent tes traces. BANG! Une balle siffle dans l'air. Ils tirent sur toi!

Il faut que tu leur échappes. À gauche, il y a une grosse fleur au milieu des lianes. Tu pourrais te cacher à l'intérieur. Ou tu pourrais continuer à courir. Sans trop savoir comment, tu as deviné qu'il y a de l'eau pas très loin!

Pour courir vers l'eau, va à la PAGE 108.

Pour te cacher à l'intérieur de la fleur géante, va à la PAGE 16.

— Oh non! t'écries-tu. Ce n'est pas vrai!

Les créatures des cavernes se rapprochent et tu te retrouves sur une corniche, au bord d'une nappe de lave en fusion.

Tu as atteint le cœur d'un volcan!

— Qu'allons-nous faire? demande Zoé qui s'accroche à ton bras, les yeux révulsés sous l'effet de la panique.

— Affrontons-les. Peut-être ne sont-elles pas aussi dures qu'elles en ont l'air.

Les créatures des cavernes approchent lentement. Elles guettent chacun de vos mouvements. La sueur coule sur ton visage et dans ton cou. Tu regardes autour de toi. De l'autre côté de la nappe de lave, le tunnel se prolonge.

— On pourrait faire le tour de la nappe de lave.

— Ça semble dangereux, dit Zoé.

En effet, des bulles d'air chaud éclatent à la surface du magma rouge et orange.

— Mais elles aussi ont l'air dangereuses, réponds-tu.

Affronte les créatures des cavernes à la PAGE 19.
Contourne la nappe de lave à la PAGE 55.

— Je pense que l'arbre est par ici. J'espère que nous le trouverons à temps !

Après avoir tourné à droite, tu conduis Ben à travers la jungle touffue. L'air est chaud et humide. Bientôt, la sueur inonde ton corps. Ta nouvelle peau de monstre est gluante. Elle se met même à coller aux larges feuilles que tu écartes de tes doigts palmés.

Tu fais un pas pour contourner un hévéa lorsqu'une de ses larges feuilles luisantes te frappe au visage. Elle colle à ta peau et t'aveugle.

Tu trébuches et tombes en arrière.

— Attention ! crie Ben. Regarde où tu mets les pieds !

Trop tard ! Tu sens ton pied s'enfoncer dans un genre de trou.

Va voir ce que c'est à la PAGE 27.

Où Zoé peut-elle bien être passée? Le tunnel se termine en cul-de-sac. Il n'y a pas de sortie et tu te trouvais juste derrière elle!

— Zoé? Zoé! Où es-tu?

Où es-tu? tu? tu? tu? te renvoie l'écho.

C'est alors que tu remarques le bout d'une chaussure qui sort de derrière un rocher à ta gauche. C'est une chaussure verte au bout retroussé... comme celle d'un elfe.

— Qui est là? demandes-tu.

Va vite à la PAGE 26.

— Attends, Zoé. Je souhaiterais avoir plus de temps!

Tu tentes d'attraper le piranha qui te glisse des mains lorsque tu essaies de lui enlever l'hameçon de la gueule.

— Tu as raison! On pourrait aussi souhaiter sortir de ce pétrin!

— Voilà.

Tu remets dans l'eau le poisson qui ouvre la gueule et fait quelques bulles. Des mots s'échappent des bulles qui éclatent à la surface de l'eau.

— Quel est ton désir?

— Je veux sortir de ce pétrin. Ramène-nous à notre groupe dans la jungle.

Le poisson ouvre la gueule et une énorme bulle argentée éclate:

— ACCORDÉ!

Ta tête devient pleine de lumière argent qui gagne tout ton corps.

Vole à la PAGE 8.

— Votre majesté, je peux vous assurer que je n'ai pas vu votre caverne de joyaux.

— Je te crois.

Le roi se lève alors et s'adresse aux créatures des cavernes.

— Hourra pour les humains!

— Hip hip hip! hourra!

Les créatures des cavernes te descendent de la pyramide et te font faire le tour de la caverne sur leurs épaules. Elles te placent ensuite devant une longue table remplie de plateaux de nourriture riche et exotique.

Tu te rappelles soudain que tu devais aller rejoindre le groupe de Jeunes Explorateurs dans la jungle.

Mais il y a quelque chose chez ces créatures qui te donne envie de rester ici pour toujours.

C'est peut-être leur visage couvert de mousse ou leurs gros yeux. Ou c'est peut-être ce qu'elles saupoudrent sur ta nourriture qui te force à rester là.

Zoé et toi restez là si longtemps que vous ne vous inquiétez même pas lorsqu'il vous pousse de la mousse sur le visage et que vos yeux se transforment en gelée!

Vous faites maintenant partie du groupe!

FIN

Tu décides d'écouter ce que le roi a à te dire.

— Il va peut-être nous indiquer comment sortir d'ici, chuchotes-tu à Zoé.

— Humains! tonne la voix à travers la caverne. Avancez!

Deux des créatures des cavernes vous attrapent par les bras. Leurs mains rugueuses vous égratignent la peau.

— Aïe!

— Lâchez-moi! crie Zoé.

Les créatures des cavernes vous traînent en haut de la pyramide et vous jettent aux pieds du roi. Vous auriez dû vous enfuir quand vous en aviez la chance!

Va à la PAGE 135.

Tu sens que tu approches d'un cours d'eau et tu continues de courir. Les balles transpercent les feuilles de chaque côté de ta tête.

Il y a une plage! Tu sors du couvert des arbres pour te retrouver sur le bord d'une rivière au cours rapide.

— Oh non! s'écrie Jacqueline. Ne laissez pas cette créature entrer dans l'eau!

Les balles sifflent à tes oreilles. Tu enlèves tes chaussures et plonges dans l'eau. Comme tes pieds sont palmés, tu nages parfaitement bien!

Tu échappes à la célèbre chasseuse en traversant le cours d'eau. La rivière est froide, mais elle offre une divine sensation de bien-être à ta peau toute collante. Tes gros yeux s'habituent immédiatement à la noirceur de l'eau boueuse. Tu te rends compte que tu peux respirer sous l'eau froide et que celle-ci passe par tes branchies.

Pour la première fois depuis que tu as goûté à cet étrange fruit, tout est calme et tranquille autour de toi. Mais pas pour longtemps...

Venant par-derrière, des dents s'enfoncent dans ta jambe! Tu pousses un cri de surprise! Qu'est-ce que c'est?

Va à la PAGE 72.

— Partons de ce côté, dis-tu à Zoé. Comme il y a plusieurs petits tunnels, nous aurons plus de chances de trouver de l'or.

— Parfait!

Vous entrez dans le tunnel. Les petits sentiers partent de tous côtés comme les rayons d'une roue.

— Séparons-nous, suggère Zoé. On se retrouve dans cinq minutes.

— D'accord. Et si l'on se perd, on criera.

— C'est ça!

Zoé part à gauche. Tu n'as fait que quelques pas dans un autre tunnel lorsque tu entends un bruit sourd derrière toi.

Tu te tournes et restes bouche bée. Tu aperçois deux grandes antennes qui s'agitent dans l'air.

Les yeux te sortent des orbites.

Tenu au bout de deux grosses pinces noires, un bloc de pierre racle le plafond du tunnel. Les pinces appartiennent à une fourmi géante! Et elle vient vers toi.

À toute vitesse!

File vite à la PAGE 132.

— Zoé! hurles-tu. Il y a des têtes réduites suspendues à cette table!

— Laisse-moi voir!

C'est une vieille table toute craquelée. Un panier rempli de bananes, d'oranges et de poires est posé dessus.

Les petites têtes pendent du bord de la table grâce à des bouts de ficelle rouge. Leur peau est ridée et jaune, comme celle de vieilles pommes séchées. Une expression de surprise se lit sur leur visage.

— Ça donne le frisson! s'exclame Zoé. Ne restons pas ici.

— D'accord. Je veux vivre des aventures, mais me faire réduire la tête n'est pas du tout ce à quoi je rêvais...

Tu te lèves et t'apprêtes à t'éloigner de la table lorsque t'arrive une odeur délicieuse.

— Qu'est-ce que ça sent, Zoé?

— Ce sont les fruits du panier.

Tu te tournes vers la table. Ces fruits sentent incroyablement bon. Tu n'as jamais rien senti de plus merveilleux. Tu te mets à saliver. Tu as déjà un avant-goût de la saveur sucrée des fruits sur ta langue.

Il te faut de ces fruits. Tu veux absolument goûter à ces fruits.

Tu tends la main et prends une très belle poire verte. Tu y plonges les dents.

Vite! Va à la PAGE 65.

Tu pivotes sur tes talons. Un homme assez grand se tient derrière toi! Il porte une tunique en peau de léopard et tient un gros bâton à la main. Des rayures sont peintes sur son visage et il est coiffé d'un chapeau à plumes, comme les sorciers que tu as déjà vus au cinéma!

Le Muglani pose sa grosse main sur ton épaule.

Ton esprit galope. Que devrais-tu faire? La main du Muglani ne serre pas vraiment ton épaule. Tu pourrais te tortiller un peu et t'enfuir. Ou tu pourrais essayer de discuter avec lui. Il n'a pas l'air si dangereux après tout.

Pour échapper au Muglani, va à la PAGE 67.
Pour discuter avec lui, va à la PAGE 50.

— Grrrr!

La gargouille de pierre ouvre sa bouche pour rugir. Tu aperçois des rangées et des rangées de dents en pierre blanche bien aiguisées.

Tu serres ton bâton et t'apprêtes à te battre.

— Ne fais pas de folie! crie Zoé du centre de la mare. Elle est beaucoup plus grosse que toi...

C'est trop tard. La gargouille bondit dans les airs. Ses dents de pierre déchirent le tissu de ton t-shirt.

La bête t'épingle au sol en te tenant par les épaules. Elle sort la langue et commence à te lécher le visage!

— Aaaah! cries-tu de douleur lorsque la langue rugueuse te râpe la joue.

On dirait que tu lui plais.

FIN.

«Je ferais mieux de retrouver Zoé maintenant», penses-tu. Ce serait terrible d'abandonner ton amie dans la montagne.

Tu retournes dans le tunnel humide en rampant. La terre mouillée forme des croûtes dans tes cheveux. Tu en as sur tes vêtements et sur la semelle de tes chaussures.

Soudain, tu butes sur quelque chose qui n'était pas dans le tunnel. C'est mou.

Tu tâtes cette chose d'une main. Ça pousse sur ta main! Tu essaies de ressortir du tunnel à reculons, mais impossible.

«C'est donc ça qui a construit ce tunnel», penses-tu. UN VER DE TERRE GÉANT! Malheureusement, ce ver n'est pas un ver géant ordinaire. C'est un ver de terre carnivore nocturne qui fait partie d'une des espèces rares de la jungle.

Un ver de terre normal prend la terre par une de ses extrémités, la mastique et la rejette par l'autre extrémité.

Ce ver-là mange les humains! Il t'avale, te digère et te rejette à la

FIN.

— D'accord. J'accepte ton défi.

— Parfait. Si tu réussis, je te donnerai trois pépites d'or et Zoé sera libre. Si tu perds, je vous garde tous les deux, Zoé et toi!

Oups!

— Quelle est la question?

Tu essaies alors de te rappeler tous les *Chair de poule* que tu as lus.

— Hummmm... Dans *L'horloge enchantée,* le garçon a une petite sœur. L'a-t-il surnommée Sarah la satanique ou Sarah la peste?

Cette question est difficile... mais tu connais la réponse!

Si tu crois que c'est Sarah la satanique, va à la **PAGE 74.**

Si tu crois plutôt que c'est Sarah la peste, va à la **PAGE 32.**

La chasseuse te vise de son arme! Il n'y a pas un moment à perdre! Tu sors de ta cachette et cours vers la jungle.

Tu te retrouves sous le couvert des feuilles et des lianes avant que les chasseurs ne te rattrapent. Leurs réflexes semblent lents. Ils sont probablement encore sous le choc! Même Jacqueline paraît étonnée de ton apparence. Elle reste bouche bée un moment.

— Vite! Cours-lui après!

— Mais qu'est-ce que c'est? demande nerveusement son mari.

— Ça me semble être une espèce d'amphibien. Peu importe ce que c'est. Je veux l'attraper!

Continue de courir à toutes jambes jusqu'à la PAGE 101.

Le roi se met à crier à deux centimètres du visage de Zoé.

— Si tu veux qu'on vous montre la sortie, vous allez devoir le mériter !

Il lâche ton amie qui tombe par terre près de toi.

— Je vais vous donner une tâche à accomplir. Si vous réussissez à la faire en un certain laps de temps, je vous libérerai. Sinon...

Le roi secoue alors tristement sa tête cornue.

— Votre majesté, demandes-tu bravement. Qu'arrivera-t-il si nous ne réussissons pas ?

— VOUS ALLEZ DEVENIR MES ESCLAVES À VIE !

Toutes les créatures des cavernes se mettent à rigoler comme si leur roi venait de faire la meilleure blague de sa vie.

Ce dernier frappe trois fois dans ses mains rocheuses tout en criant :

— Qu'on m'apporte le sablier !

Va à la PAGE 120.

— *Frère Jacques, frère Jacques,* chantes-tu.

Les tigres lèvent leur tête vers toi, attentifs. Ça fonctionne !

— *Dormez-vous ? Dormez-vous ?*

Pourquoi aucune autre chanson ne te vient-elle à l'esprit ?

Pendant que tu chantes, les tigres tapent des pattes et semblent adorer la musique.

Fantastique ! Ce sont maintenant tes amis.

— C'est beau, les copains, mais je m'en vais maintenant !

Tu attrapes des racines qui dépassent de la paroi d'argile et tu essaies de te hisser.

Les squelettes de tigres se mettent immédiatement à fendre l'air de leurs griffes tranchantes. Tu fais un bond en arrière pour les éviter.

— *Frère Jacques, frère Jacques,* reprends-tu, jusqu'à ce que les tigres se calment. *Dormez-vous ? Dormez-vous ?*

Tu as donc découvert deux vrais mélomanes... et tu ne peux plus leur échapper.

Aussi longtemps que tu continueras à chanter, ta vie sera sauve, jusqu'à la...

FIN.

Tu files dans le tunnel lisse dont le plancher est couvert de mousse visqueuse.

Tu gagnes de la vitesse!

Les parois de la chute sont parsemées de bouquets de fleurs roses bizarres.

Les pétales épais et charnus ressemblent à de grosses langues qui sortent du mur. Dégueulasse! Tu fais tout pour les éviter.

Tu aperçois alors une fleur plus grosse devant toi. Elle pend du plafond du tunnel, te bloquant le chemin.

Tu voles la tête la première dedans et t'y colles!

La fleur se met à te lécher! Ouache!

Tu la frappes à coups redoublés.

Tu réussis finalement à lui échapper et atterris sur le plancher d'une petite pièce.

Au centre, se trouve une mare d'eau calme. Zoé est déjà là, les yeux fixés sur l'eau.

— Ç'a été long! Viens voir! J'ai trouvé la dernière pépite d'or! Il n'y a qu'un hic... comment aller la chercher?

Découvre-le à la PAGE 100.

— Ouais, marmonne Zoé. Nous allons pêcher le piranha! Il n'y en a qu'un million après tout. Ça ne sera pas trop long!

Tu ignores ses sarcasmes et descends lentement ton hameçon dans la mare.

Les piranhas se mettent à grouiller autour, faisant bouillonner l'eau.

Ils se mettent alors à se jeter hors de l'eau! Ils sautent sur toi. Tu sens leurs dents acérées sur tes bras et tes jambes.

— Au secours!

Tu repousses les poissons et Zoé vient à ta rescousse en frappant les poissons l'un après l'autre.

Tu viens finalement à bout du dernier et tu essaies de reprendre ton souffle. Les piranhas cessent enfin de bouger.

— Ahurissant! chuchote Zoé, étonnée.

— Je ne croyais pas qu'ils m'attaqueraient! Mais j'ai réussi. Ils sont tous morts!

— Tous sauf un! Leur mère...

Pêche le gros poisson à la PAGE 61.

Quatre serviteurs montent rapidement les marches de la pyramide en apportant une cage dorée dans laquelle se trouve un énorme sablier. Ils le placent devant le roi.

Ce dernier vous pointe du doigt, Zoé et toi, en disant d'une voix tranchante :

— Vous devrez me rapporter trois pépites d'or du centre de la montagne. Vous avez un palouka pour trouver l'or.

— Un quoi ?

— Un palouka ! C'est l'unité de mesure du temps dans la montagne.

— Excusez-moi, monsieur. Savez-vous ce que ça donne en temps humain ? En heures et en minutes ?

Tu donnes des petits coups sur ta montre pour lui faire comprendre ce que tu veux dire.

— Je ne sais pas. Prenez mon sablier de poche.

Il te tend un minuscule sablier dans un boîtier en argent. Il est tellement petit qu'il tient dans la paume de ta main.

— C'est un cadeau de ma mère, dit le roi en penchant la tête. Si tu le perds, je vais te jeter dans la lave !

De toute évidence, il ne blague pas !

— À trois, nous allons retourner ensemble les sabliers. UN... DEUX...

Va vite à la PAGE 3.

Le roi soulève le rabat de la tente et y passe la tête. Il t'examine.

Les battements de ton cœur s'accélèrent en apercevant le visage mousseux et gluant du roi.

Comment a-t-il mis la main sur toi? Que va-t-il faire?

Dans ta main, le sablier te semble de glace. Tu essaies de le cacher derrière ton dos, mais le roi le voit.

— DONNE-MOI MON SABLIER!

En tremblant des pieds à la tête, tu lui rends le magnifique petit sablier.

D'un geste vif, le roi te jette une poignée de poudre et disparaît.

En toussant, tu agites les mains pour chasser le nuage de poudre. Tu étouffes. On dirait qu'il fait plus froid.

Très, très froid.

Peut-être est-ce à cause de cette frayeur incontrôlable que t'inspire le roi. Ou parce que la brise de la jungle souffle dans ta tente.

C'est plutôt parce que tu te transformes en pierre. Tu seras célèbre lorsqu'on retrouvera au matin ton corps transformé en roc.

FIN

Tu serres la main de Rage. Ces vieilles femmes sont étranges, mais elles semblent sympatiques. De plus, tu as vraiment besoin de leur secours.

— Pouvez-vous nous aider à trouver le fruit du cœur-ardent? demandes-tu. Nous avons lu dans une brochure que ce fruit est l'antidote du charme des Muglanis.

— Ah! Tu as lu notre brochure! Nous l'avons publiée pour mettre les gens en garde contre les Muglanis!

Rage semble très satisfaite que tu aies lu sa brochure.

— Voyez-vous, ma sœur a été victime de leur charme. Ils ont réduit sa tête! Je la garde toujours dans mon sac pour me rappeler d'être sur mes gardes!

— Voilà donc pourquoi elle a cette tête réduite! marmonnes-tu à Ben.

— Partons maintenant! Nous allons vous conduire immédiatement au cœur-ardent! Tu redeviendras ensuite un être humain!

Parfait!

Suis les Amazones à la PAGE 62.

— Pour vous dire la vérité, dis-tu, oui, je l'ai fait.

En voyant le visage du roi passer de l'or au rouge, tu te mets à t'excuser.

— Vous ne nous aviez pas dit de ne pas y aller! Je ne savais même pas ce que c'était. J'y ai pénétré par mégarde. Je m'excuse.

Zoé et toi commencez à vous éloigner du roi. Vous descendez à reculons les premières marches de la pyramide.

— Saisissez-les! ordonne le roi d'une voix de tonnerre.

— Ce n'est pas juste! cries-tu.

Que vas-tu faire?

Les créatures des cavernes s'avancent et vous attrapent par les bras et les jambes. Les mains rudes vous égratignent la peau. On dirait qu'elles vont vous mettre en lambeaux!

Débats-toi à la PAGE 97!

Les pas se rapprochent de plus en plus. Tu plonges vite sous la table où les têtes réduites suspendues forment un écran. Espérons qu'on ne te verra pas. De ta cachette, tu aperçois trois paires de jambes qui entrent dans la clairière. Toutes trois portent pantalon kaki et bottes d'armée.

— Quelle bizarre de petite clairière! fait une femme.

Elle se penche et touche le sol. Elle est vêtue d'un treillis et porte un long fusil de chasse.

C'est une chasseuse! Un frisson de peur te passe dans le dos. Que va-t-elle faire si elle te voit? Elle te prendra pour une bête et te tuera peut-être!

— Il y avait des enfants ici, déclare-t-elle en passant ses mains sur le sol.

— C'est stupide! fait une autre personne. Que feraient des enfants au cœur de la jungle?

— Jean! déclare la femme, furieuse. Je suis Jacqueline de Saint-Émeu, grande chasseuse devant l'éternel. Je sais reconnaître une empreinte de chaussure de course! Je savais que je n'aurais pas dû t'emmener dans cette expédition!

— Tu as raison, ma chère.

C'est alors que Jacqueline, la célèbre chasseuse, se tourne et t'aperçoit sous la table. Elle lève vite son fusil!

Enfuis-toi à la **PAGE 115** *!*

L'eau glacée te remplit les yeux, les oreilles et la bouche. Tu essaies de respirer, mais tu ne réussis qu'à avaler encore plus d'eau, à tousser et à cracher. Tu agites les bras, mais on dirait que tu coules. Dans ta panique, tu abandonnes ton gourdin !

Tu as mal aux poumons. Tu ouvres les yeux et essaies de voir ce qui te tire vers le fond.

Rien à faire. Tout ce que tu vois, c'est de l'eau, de l'eau partout...

Dans un dernier sursaut d'énergie, tu secoues ce qui te tient le pied. Tu émerges à la surface, cherchant de l'air, et, terreur, tu aperçois... ZOÉ ! Le visage tout rouge, elle est morte de rire.

— Zoé ! Tu sais bien que je ne sais pas nager !

— Désolée. Tu semblais avoir tellement peur devant l'entrée de la caverne que je n'ai pas pu résister à la tentation de te faire faire un petit plongeon !

— Je n'avais pas peur ! Je me demandais seulement si nous serions capables de trouver une sortie. Il fait si noir là-dedans.

— Tu te le demandais, hein ? Veux-tu que je passe la première ?

Si tu veux que Zoé ouvre le chemin, suis-la à la PAGE 52.

Si tu veux y aller en premier, rends-toi à la PAGE 83.

Un squelette de tigre te dévisage.

Cette fosse doit être un vieux piège à tigre ! On dirait que tu as les jambes en coton.

Les os du tigre sont pourris et friables, mais ils brillent d'une lueur fantomatique. Sa queue s'agite comme celle d'un crotale. Il ouvre sa gueule et rugit, mais aucun son n'en sort. Le tigre n'a pas de voix. Tout ce que tu entends, c'est sa queue qui cliquette dans le vent et les battements désordonnés de ton cœur.

Le tigre s'avance vers toi. Une de ses pattes semble plus écrasée que les autres. C'est sans doute celle que tu as piétinée.

Il fend l'air de ses griffes.

Tu recules...

Crac ! Clic clic clic !

On dirait que tu as réveillé les os d'un autre tigre. Courage ! C'est deux contre un.

Vite ! Va à la PAGE 25.

Tu plonges à droite. La fourmi prend le tunnel de gauche. Elle ne te pourchassait pas finalement! Elle ne faisait que son petit travail de fourmi : déménager des choses!

Ouf!

Tu examines le nouveau tunnel que tu as choisi. Les murs sont rutilants! Des pierres précieuses sont incrustées dans les parois!

Fantastique! Tu n'as jamais vu de si belles pierres! Plus tu avances, plus il y en a! Tu poursuis ton chemin jusqu'à une caverne.

Tu restes alors bouche bée devant la merveille qui s'offre à tes yeux. Du plafond, pendent de longs stalactites d'où s'échappent des diamants. Partout où tu regardes, la lumière se reflète sur les multiples facettes des pierres précieuses. Les murs sont tapissés de rubis, d'émeraudes, de saphirs et de diamants.

Tu contournes les stalagmites qui émergent du sol. Tu écrases des tonnes de joyaux.

Il doit sûrement y avoir de l'or ici!

Cherche de l'or à la PAGE 45.

— Je vais déposer le sablier ici.

Tu sors le petit objet de ta poche et le dépose soigneusement sur la pierre plate.

— Partons d'ici maintenant !

Un bruit assourdissant s'échappe de la pierre où tu as déposé le sablier. Le rocher rentre dans la paroi ! Tu as dû appuyer sur un bouton secret !

Tu attrapes vite le sablier avant qu'il ne disparaisse avec la pierre. Ouf ! Il a failli tomber dans le tunnel.

C'est alors que tu sens que s'effacent les degrés de l'échelle à laquelle tu as grimpé. Le tunnel tout entier s'arrondit et devient lisse comme une grosse glissoire ! Tu ne peux pas tenir plus longtemps !

Va vite voir ce qui arrive à la PAGE 73 !

— Je vais leur faire peur! Regarde bien!

Tu bondis alors de derrière le gros buisson. Rugissant comme un monstre de film d'horreur, tu fends l'air de tes griffes.

Madame Morose hurle de tous ses poumons. Les enfants l'imitent aussitôt.

— Partez vite! crie la monitrice.

Ils s'éparpillent comme une volée de mouches.

Tous sauf Bernard Boisvert qui reste là, bouche bée. Son frère l'attrape finalement par le bras et l'entraîne dans les broussailles.

— Bien fait! dit Ben en riant si fort qu'il en pleure.

— As-tu vu l'expression de madame Morose?

Ben imite les cris de cette dernière. Il se met ensuite à danser en rond tout en agitant les bras. Il s'arrête soudain, l'air terrifié. Il te pointe du doigt en bégayant.

— Mmmmmmu... mmmmmu... mmmu...

— Qu'est-ce qu'il y a? Ça ne va pas bien?

— Des Mmmmuglanis! Juste derrière toi!

Cours à la PAGE 111.

— Je m'excuse poisson! cries-tu par-dessus ton épaule. Nous retournons vers le roi!

Tu traverses la mare et prends enfin le tunnel principal. Zoé est enthousiaste.

— Je ne peux pas croire qu'on a réussi!

— Je sais! Je vais même retrouver madame Morose avec joie.

Vous courez tous les deux à la salle du trône. Le roi des créatures des cavernes fait les cent pas sur sa pyramide. Il ne reste que quelques grains de sable dans son énorme sablier.

— Nous avons l'or!

Vous montez tous les deux au sommet de la pyramide entre deux rangées de créatures des cavernes. Zoé et toi présentez l'or au roi.

— Je vois que vous me rapportez ce que j'ai exigé, fait le roi de sa grosse voix. Je veux vous poser une dernière question avant de vous relâcher.

Oh non! Que veut-il encore?

Va vite le découvrir à la PAGE 70.

— Vite, Zoé, suis-moi !

Tu plonges à gauche pour échapper aux créatures des cavernes. Pas question de rester pour te présenter à un groupe de mutants souterrains !

Tu les entends grogner de surprise lorsque tu passes devant elles, Zoé sur les talons.

Il y a un petit tunnel bien éclairé sur le côté de la grande salle. C'est bon signe !

Tu t'y enfonces à toute vitesse.

— Cours ! Elles sont juste derrière nous.

Zoé a raison ; tu les entends grogner tout le temps qu'elles vous poursuivent.

Devant vous, le tunnel est de plus en plus clair, presque aussi clair que la lumière du jour. Il conduit peut-être dehors !

— Une porte !

Zoé pointe du doigt une petite porte bleue découpée dans la paroi de droite. Elle donne peut-être sur l'extérieur !

Tu peux ouvrir la porte ou poursuivre ton chemin. De toute façon, il vous faut faire vite. Les créatures des cavernes vous rattrapent !

Si tu poursuis la course dans le tunnel, va à la PAGE 134.

Si tu ouvres la porte bleue, va à la PAGE 40.

Tu te sauves de la fourmi en hurlant.

— Aaaah !

Ses longues pattes grattent le sol derrière toi.

La fourmi te poursuit dans le dédale des couloirs. Tu aperçois par-dessus ton épaule ses gros yeux exorbités et ses pinces acérées. Le rocher qu'elle porte doit peser une tonne !

Si elle peut transporter sans mal un rocher aussi gros, elle peut sans doute te couper en deux sans difficulté.

Le tunnel bifurque...

Si tu portes un vêtement bleu, va à gauche à la **PAGE 93.**

Si tu ne portes pas de bleu, prends le tunnel de droite à la **PAGE 127.**

Le dragon te cloue au sol! Il essaie de te mordre au visage avec ses dents tranchantes comme des rasoirs.

Tu as alors une idée folle. Tu essaies de le mordre à ton tour. Tu es un monstre après tout! Tu grognes en lui montrant tes propres dents.

— Ôte-toi de là! cries-tu.

Tu repousses le dragon et te remets sur pied.

C'est alors que quelque chose de bizarre se passe. Tu respires un bon coup et tu sens les poils de ton cou se hérisser.

Ce n'est pas réellement ton cou mais plutôt un repli de peau dans ton cou. Il se dresse comme un capuchon derrière ta tête!

Cela semble énorme! Du coin de l'œil, tu t'aperçois que les taches colorées et éclatantes qui le couvrent te donnent un air plus terrifiant que jamais!

Le dragon te regarde et cesse de siffler. Il se met à geindre et se recroqueville à tes pieds.

Tu pousses un hurlement terrifiant. Le dragon repart vers l'arbre, la tête basse.

Pars toi aussi à la PAGE 66.

— Restons dans ce tunnel! cries-tu à Zoé tout en courant.

La lumière du tunnel est si vive que tu as l'assurance de pouvoir atteindre la sortie. Dans une minute, vous serez dans la jungle. Vous pourrez enfin retrouver madame Morose et le reste du groupe.

Tu regardes derrière toi. Les créatures des cavernes se rapprochent dangereusement!

Tu atteins une saillie; la sortie doit se trouver juste au-dessus. Tu te hisses péniblement à l'étage supérieur. Zoé fait la même chose. Une bouffée d'air chaud vous y accueille.

Devant vous, se trouve une nappe de lave en fusion!

Vite! Va à la PAGE 102.

Le roi du peuple des cavernes t'examine. Tout son visage est recouvert d'une mousse dorée et de grosses cornes sortent des deux côtés de sa grosse tête ronde comme une boule de ouate.

Il est si grand que ça te donne mal dans le cou de le regarder.

— Nous vivons sous la montagne. Vous avez violé notre territoire, dit-il en s'assoyant sur son trône.

— Excusez-moi, monsieur le roi, l'interrompt Zoé en rougissant, je veux dire votre majesté ou autre chose.

— Qu'y a-t-il, humain?

— Nous nous excusons d'avoir pénétré chez vous comme ça. On ne devrait pas y être. Si vous pouviez nous indiquer la sortie, nous nous ferions un plaisir de...

— Ha! ha! très drôle! hurle le roi.

Toutes les créatures des cavernes se mettent à ricaner. Le roi se fâche.

— Silence!

Il se penche ensuite en avant et attrape Zoé par le bras!

Va voir ce qui arrive à la PAGE 116.

Tu regardes tes mains qui, autrefois douces et roses, sont maintenant grises et caoutchouteuses. Une mince membrane transparente relie tes doigts qui se terminent chacun par une griffe pointue!

Comment cela est-il arrivé? Tu es maintenant un véritable monstre!

Tu tâtes ton visage. Il est différent: au lieu d'un nez, tu ne trouves que deux petites narines.

Et tes yeux sont énormes! Tu clignes des paupières; il y a deux couches de peau superposées qui recouvrent toute la surface de tes yeux. Une crête se dresse sur ta tête comme une coiffure de Mohawk.

Avant même d'avoir décidé ce que tu dois faire, tu entends des pas dans la jungle.

Ce n'est sûrement pas Zoé. Elle s'est sauvée dans une autre direction. Qui est-ce?

Est-ce qu'on voudra t'aider? Quelqu'un a mis ce panier de fruits sur la table et y a suspendu des têtes réduites. Ce quelqu'un pourra peut-être t'aider à retrouver ta taille normale!

Mais, étant donné ta nouvelle apparence, tu ferais sans doute mieux de te cacher.

On approche. Tu entends fredonner. Vite! Prends une décision!

Pour obtenir de l'aide de la personne qui arrive, va à la PAGE 7.

Pour te cacher, va à la PAGE 124

UN MOT SUR L'AUTEUR

R. L. Stine a écrit une bonne quarantaine de livres à suspense pour les jeunes, qui ont tous connu un grand succès de librairie. Parmi les plus récents, citons : *La gardienne IV, Le fantôme de la falaise, Cauchemar sur l'autoroute, Rendez-vous à l'Halloween, Un jeu dangereux*, etc.

De plus, il est l'auteur de tous les livres publiés dans la populaire collection *Chair de poule*.

R. L. Stine vit à New York avec son épouse, Jane, et leur fils, Matt.